蘭陵皇妃

交錯時光的愛戀

上

楊千紫 著

好讀出版

蘭陵皇妃《上》

目錄

《蘭陵皇妃》臺版自序

文／楊千紫

《蘭陵皇妃》這本書寫於我讀研究所的第一年，當時在某雜誌擔任編輯，主編邀我寫連載，我看了些史料，決定寫一篇關於「蘭陵王」的故事，於是有了這本《蘭陵皇妃》。雖然宇文邕後來喧賓奪主搶去了蘭陵王許多戲分，不過故事裡最初的男一號設定確實是蘭陵王。當時這本書帶給了我很多東西——自信、榮譽以及許多粉絲，一經連載就受到許多好評，在編輯的催稿下，我也在讀研究所的第二年寫了這本書的續作。

二〇一二年，我到北京簽約，把這本書的影視版權簽給了一個漂亮姑娘成釧，釧兒於我印象裡是個漂亮的白富美，對電視行業懷抱著熾熱的追求和夢想。在《蘭陵皇妃》改編的過程中，編劇姐姐曾因考慮成本問題，建議把「櫻桃堆滿樓」等較燒錢的戲碼改編，不過釧兒極力留住了這場戲，決心不計成本地再現原著。

現在回顧這部作品，那時年輕的自己有許多地方處理得不夠完美，不過也正因爲如此，才更顯得感情眞摯，貼吧裡有個帖子我覺得寫得十分有意思，在此引用一下：

每個女子生命中都會有形形色色的男子走過，《蘭陵皇妃》一書基本上是將他們做了影射，以下一一談及。

蘭陵王，影射第一次愛的人。

哪個少女不懷春？每一個女子心中，都有道身影來開啓她愛情之門。對於第一次愛上的人，或許是瘋狂的欣賞，或許是對其某一方面的崇拜，或許是在她最脆弱的時候挺身而出，就此印刻在心裡，成爲無法磨滅的存在。對於女子而言，那個人或許不愛她，她卻無法不在乎他也無法拒絕他，蘭陵王就是類似這樣的存在。不過也許是因爲千紫姐姐太愛蘭陵王的緣故，所以儘管蘭陵王的形象突出，但言行舉止卻始終無法展顯他應有的性格。

宇文邕，影射眞愛。

有一種人，似乎一直是和你鬥氣不休的，但有那麼一天，你會發現你和他的默契是其他任何人都沒有的。又有那麼一天，你會發現在你身處危險的時候，這個曾經氣得你牙癢癢的人是第一個衝上來保護你的。也許是你會先發現你們並不討厭彼此，甚至彼此之間有愛深植，但是你會逃避，因爲你害怕「失去」。而你會等，等到他發現的一天，等待他下定決心向你表白的一天，那是女子一生中最幸福的時刻。宇文邕就是這樣一種人！記得千紫姐姐對蘭陵王的定位是絕美孤傲，給宇文邕的定位是心機深沉而冷酷。但在我看來，蘭陵王更顯溫柔，孤傲一詞用於宇文邕反而更合適。如他一般的人不是一開始就愛上端木憐的，但在他愛上以後就不會放手，甚至願意付出生命去擄獲對方，拚盡一切給她最想要的，這才是眞愛。相形之下，蘭陵王失色不少。

宇文毓，影射暗戀你最深的人。

也許你從不曾發現，在你所到之處總有那麼一雙目光在注視你，但在你轉身之時，那雙目光又會不自覺地避開去。他會在你和你愛的人吵架後獨自失落時，用愛憐的眼神望著你，悄悄來到你身邊不著痕跡地關心你。他是個對你好得讓你產生負罪感的人，你也會對他好，只是你永遠無法愛上他，因爲他不是你命中注定的那個人。這就是宇文毓，一個靦腆而隱忍的男子，沒有任何熱烈情愫，只有偶爾經過時的幾句對話，淺淡而深沉，讓人難以忘懷。

香無塵，影射藍顏知己風流客。

人總是要長大的，而長大以後就不能老沉浸在情情愛愛之中，長大了就要走出去，面對一切。在外面紛繁冗雜的世界中，你會遇到一種人，明明和愛情無關，卻和你有些火花。有時在眾人眼中，你們顯得毫不相關，但當你在他的管轄範圍內遇險時，那只能說一句，害你的那個人倒楣了。香無塵恰是這種人，他是個百分百的妖精，帶著一股魅惑氣質，讓人不禁想起了那句輕薄的詩句：「天下三分明月夜，二分無賴是揚州。」那個愛美男子看起來也是如此，其愛深，其情純，永遠教人無法討厭。

諸葛無雪，影射畸形愛戀。

這裡用「畸形」，並非因爲我鄙視，相反的，我對任何一種愛戀都是基本理解的，包括同性戀、忘年戀、婚外戀甚至亂倫。但理解是一回事，社會不贊同是另一回事，所以在社會意識中，這始終被歸爲「畸形」。在身邊，偶爾會出現這類戀情。這個從不讓女人碰的小春城城主，以爲自己愛上了男人，但當他發現清鎖原是女子時，他亦沒有再回頭，因爲此愛已深。其實那些所謂的「畸形愛戀」，亦不過只是種心靈的依託罷了，無關乎正不正常，至少，他們沒有傷害到任何人。

坦白說，在寫這本書的時候我並沒有想這麼多，只是行雲流水鋪寫出了這個故事，現在回首，也許《蘭陵皇妃》裡凝結了那個年紀的我對愛情的全部理解。轉眼間這本書也出版好幾年了，第一版已經賣到斷貨。當年看過這個故事的人，和如今即將閱讀本書的人，希望你們能夠喜歡書裡的每個人物。當然，也希望你們繼續關注阿紫的其他作品，在探索愛與生活眞諦的過程中，讓我們一塊成長。

楊千紫　書於瀋陽

二〇一三年二月二十五日

引子

多年以後，宇文邕仍然記得那個夜晚，月朗雲疏，清輝似霜，古銅色圓月四周綴著絲絲縷縷的淺暈。明悅園中的石榴花團團綻放，嫣紅似火，微風拂面，襲捲來一陣暗香。可真正沁入心肺的，卻是那女子身上甜暖的幽香，隨著如水般清涼的夜風，長驅直入。

小憐一直低著頭，似是入神地想著什麼。她驀地抬起頭來，一雙晶亮透明的眸子，倒映出霜輝似的月光，從未有過的清澈攝人。驚訝之下，那烏溜溜的瞳仁倏地瞪圓了，一瞬間，竟似受驚小鹿般惹人憐愛。

他只覺胸腔深處倏地一跳，一時竟怔住了。卻只見她換上一副淺淡的笑容，眼中再無往日那種懼怕又希冀的目光，取而代之的是一抹戲謔和淡然。

她後退一步，說：「如煙閣在西面，今兒個是十五，滿月東升西落，你朝著那邊走就對了。」說完，俏皮地揚手一指，牽起衣袖露出一截白藕凝玉似的手腕。

他下意識地望向她的美目，那雙神采盎然的眸子裡卻盛滿了不屑。她一臉無所謂地噘著唇角，彷若巴不得他快些離開這裡。

——她果然跟以前不一樣了，不再是那個不受寵、日日期盼他到來的侍妾。而今的她變得言語精妙，目光狡黠，又透著一抹洞悉一切的超然，如在對他述著：他不再是她的全部天地了。

他心中湧起一股莫名的怒意，乍又想起權臣宇文護，不由眼神一黯，反手扼住她的腕，沉聲道：「怎麼，剛見完宰相大人，就把三綱五常、夫妻禮數都忘了？」

小憐微微一怔，旋冷笑一聲，黛眉挑起。她直呼其名，雲淡風輕地反問道：「宇文邕，你先問問你自己，可曾把我當作是你的妻嗎？若有，你必不會這樣問。若沒有，又何必這樣問？」

雄才大略、隱忍冷絕如宇文邕，萬料不到她會說出這樣一番話來，一時竟又怔在原地。他扼著她細腕的手略鬆了鬆，只覺掌心一片溫軟，卻未放開手。

她掙了掙手腕，無法成功從他寬厚手掌中掙脫，不由心中一惱，另一隻手便上來扳他的手指。柔滑小手觸在他手背上，傳來癢癢的觸感，宇文邕胸中微動，手上稍許加力將她順勢擁入懷中。

溶溶月光下，映見他稜角分明的側臉埋在她頸窩，尖下巴緊緊抵在她肩上，表情動容又茫然，霎時竟如孩童般手足無措。

「這兒又沒有旁人，我們作戲給誰看呢？」耳畔傳來一個嬌潤好聽卻滿是諷刺的聲音。
他驀地被推開，只見她不屑地看著自己，清眸中無半點溫情。
「在你眼中，一直就只是作戲嗎？」宇文邕定定地看著她，心底無端湧出一絲刺痛，瞬間氾濫成汪洋。他從未想過要眞心對她，可到底是從什麼時候起，他開始眞眞正正入了戲？
「難道在你眼中就不是？」小憐幽幽地說，又是話中帶刺。她白皙臉上掛著清麗淡然的笑容，在滿樹紅豔豔的石榴花陪襯下，透出一抹難以言說的妖嬈。
「隨你怎麼說。」他沉吟片刻，低聲說道，聲音恢復了往日的冷漠寡淡，「如煙閣是往西，儀鳳軒卻是往東呢。」他冷笑著將雙手負於背後，俊逸面龐閃過一抹邪魅的笑容，直直地從小憐眼前走過，月光下拓出一道俊朗長影。
小憐看著他頎長的背影，忽然間莫名地覺得他的身影好寂寞，可一想起他曾經對自己展現的種種絕情，她的心又硬了起來。
她伸了個懶腰，轉身朝明悅小築走去。
宇文邕背對著她獨自行走，細聞她輕巧的腳步聲漸行漸遠。原來，她眞的不在乎。他心中最柔軟的地方猝不及防地掠過一陣驚痛，不由得停步下來，握緊了拳，十指關節透出青白之色——無法容忍自己對宇文護派來的人卸下防備，無法容忍自己爲一個女人神魂顛倒，更無法容忍這個女人的心竟全然不在自己身上！

得不到回應的愛，便釀成一片更深的寂寞。

月光明艷照人，而他的心卻是淒清無比。

天和四年，宰相宇文護掌權，皇室四面楚歌、岌岌可危，原不是動兒女私情的時候，可是如果眞的愛上了，又該如何將這刻骨銘心的衷情藏起來，永遠不讓人知曉？騙得了別人，騙得了她，可又能否騙得了自己？

那個打碎茶杯，一臉嬌嗔、滿目星輝的女子，是否眞的再也不會回來了？

第一章　人生若只如初見

「啪」的一聲，是書本砸在桌上的聲音。我立即打了個哆嗦，倏地睜大眼睛，這才看清眼前的人，怔了一會後驚道：「爺爺，你怎麼在這兒？」咦！我記得方才明明是那位脾氣溫和的古文老師在給我上課呀……我不禁馬上提起精神，倏地坐得筆直。

1

「『夜闌臥聽風吹雨，鐵馬冰河入夢來。』小憐，這句詩是什麼意思？作者又是誰？」一個渾厚有力又稍顯蒼老的聲音在耳畔響起，我撐著頭的手肘一鬆，下巴險些磕到桌上。

睜開眼，面前還立著那厚厚一本用來遮擋臉的古代詩詞集。我抬頭望著眼前雙目灼灼的老人，眼中的迷濛還未來得及消退，腦袋一片混沌，就已機械地背誦道：「十年生死兩茫茫，不思量，自難忘……」

「啪」的一聲，是書本砸在桌上的聲音。我立即打了個哆嗦，倏地睜大眼睛，這才看清眼前的人，怔了一會後驚道：「爺爺，你怎麼在這兒？」

咦！我記得方才明明是那位脾氣溫和的古文老師在給我上課呀……我不禁馬上提起精神，倏地坐得筆直。

「問你陸游，你就給我背蘇軾的〈江城子〉！小憐，你這書念得可真不錯啊。」爺爺重重歎了口氣，板著臉說道，眼角眉梢卻還是掛著一絲慈愛。

瞧爺爺並未真的發怒，我暗暗舒了口氣，語帶撒嬌地說：「爺爺，你是如假包換的國家博物館館長，我只是館長的孫女，不需要學這麼多東西吧……」這句話戳到了我的痛處，夏日炎炎正好眠，別的同學都在家裡吃喝玩樂，我卻還要背詩詞，學茶道和古琴這一堆艱辛的深奧課程。

正值悶熱盛夏，窗外陽光是明晃晃的金色。古色古香的書房裡，爺爺的表情忽然變得嚴肅起來，一臉認眞地看著我的眼睛說：「這是我們端木家的使命，你必須接受。」

「小憐知道了。」我低下頭，收起嬉笑表情，恭敬地回答。

這就是我的爺爺端木夔，端木一族的族長，國家博物館館長，世界數所頂尖大學的名譽教授。我從小就做為端木家的繼承人被爺爺親手養大，卻還是繼承了我那雲遊四海的父母的性格，凡事喜歡隨心隨性，慵懶而淡泊。若不是當初雙親逃避應背負的家族責任，跑去當浪跡天涯的神仙眷侶，爺爺對我的要求想必也不會這樣嚴格。

不過，倒難去怪責我的父母，其實我也是個懶散的人，凡事只求蒙混過關，總達不到爺爺的要求。於是肩膀上的責任愈加成了我的負擔，因為端木一族不僅是外人眼中的書香世家那麼簡單，我們還有一個不為人知的身分——青鸞鏡的守護者。

說起「青鸞鏡」，來頭可就大了，關於它的故事三天三夜也說不完。當時爺爺就給我講了很久，可惜我只記住了其中一小段。

青鸞鏡是上古神物，相傳乃是女媧娘娘煉石補天遺留下來的一枚石子，掉落在瑤池數百年，被水漸漸沖刷成一面蘊含著無限神力的鏡子。這面鏡子曾助黃帝滅蚩尤、周武王滅商紂，不但通曉古今，亦可預知未來，顛倒時空，攝人靈魂，簡直無所不能，尤其它還是開啓黃帝所留下巨大寶藏的鑰匙。古老的傳說加上「鸞鏡一出，天下歸一」的讖語，讓青鸞鏡在每個朝代都成爲眾人爭奪的寶物。而我們端木一族的職責就是世代守護青鸞鏡，不讓它落入奸人之手。否則不但會動搖國本，甚至有可能會給人間帶來一場浩劫，因爲沒有人知道青鸞鏡的能量到底有多大。

不過身爲端木家的長孫女，我長到這麼大也沒能親眼目睹傳說中的青鸞鏡。於是我不禁暗自懷疑，這世上眞有青鸞鏡嗎？我們端木家一直守護的，該不會只是個信念而已？

望著桌上成堆的各類書籍，我歎了口氣，再無暇多想這些有的沒的，悶頭啃起書本來。爺爺是我最尊敬的人，就算只是假裝用功，我也要讓他開心才行。

2

「新將入陣譜弦歌，共識蘭陵貫輿多。制得舞胡工歡酒，當宴宛轉客顏酡。」

空曠明亮的博物館中，我一字一句念出畫上的詩。眼眸一轉，看見畫軸上的男子，一襲白衣勝雪，寬袍水袖，臉上卻戴著副猙獰的青銅面具，隱隱泛著肅殺之氣。旁邊一行瘦硬的書體寫著：「蘭陵王入陣曲」，我頓住腳步，心中忽然有種難以言說的感覺，層層翻湧在胸口，平靜不下來。

此時已是黃昏，博物館內參觀者寥寥無幾，我指著這幅畫問道：「爺爺，這幅畫是什麼來歷，我以前怎麼沒有見過？」

「你呀，哪時候認眞瞧過我這座博物館裡的東西。要不是爲了鎭魂珠，你會跟我到這兒來？」爺爺斜睨了我一眼，含笑著說：「〈蘭陵王入陣曲〉本是北齊時代將士爲歌頌驍勇善戰的蘭陵王而作，後來傳到日本，成了他們的宮廷樂。這幅畫是日本大使前陣子送過來的。」

「哦，那這本破破爛爛的書又是什麼？」我目光往下移，只見那幅畫底下的玻璃櫃裡端端正正放著一本殘破厚重的線裝書，從玻璃質地來看，肯定是博物館裡等級特高的展覽品。

「破破爛爛？你什麼時候才能眞正懷著欣賞的眼光來看待這些無價之寶！」爺爺無奈地看我一眼，說：「這是北齊皇室高氏一族的族譜。喏，這個蘭陵王名叫高長恭，就是北齊皇室的成員。不過很奇怪的是，高氏族譜裡並未記載他母親是何人。」

爺爺一說起這些文物就口若懸河，往常我總是聽得不耐煩，但不知爲何，這次卻聽得津津有味。

「對呀，好像有這麼一回事。」我挑了挑眉應道。忘記是在哪本書上看過，有個北齊名將的生母在史書上沒有記載，成爲後世揣測不斷的謎題。——蘭陵王兄弟六人，其他五個兄弟的母親是誰都記載得清清楚楚，唯獨蘭陵王的母親，史書上沒有記載。當時對女性的社會地位是無所避諱的，即使母親是妓女也沒什麼關係，比如他某個弟弟的母親就是妓女。那麼他母親究竟是什麼身分，竟奇特到不能記入族譜嗎？

想到這裡，我的心裡竟泛出一絲莫名的酸楚，緊接著轉念一想，覺得這些跟我到底也沒什麼關係，很納悶自己心中爲何湧起那種怪異感受。我連忙扯開話題，說：「爺爺，你眞要把鎭魂珠傳給我？」

「你要是爭氣，我當然會傳給你。」爺爺一臉正經回道。

相傳端木家的鎭魂珠是一顆比普通珍珠略大的夜明珠，在黑暗中會發出熒熒紫光，有凝神辟邪的功效。同時它也代表著端木家繼承人的身分。爺爺說若我在這三個月內通過種種嚴苛的考驗，就會在我十八歲成人禮上正式把鎭魂珠傳給我。所以這次帶我來只是先讓我瞻仰一下，好提升我在未來一連串測試中的鬥志。

我瞇著眼睛笑笑，一臉俏皮地說：「那我也要先看看那顆珠子漂不漂亮，要是不漂亮，我就不要了。」

爺爺瞪了我一眼，剛要說什麼，卻只聽「啪」的一聲，像是突然斷電，四周驟暗了下來。館裡的幾名遊客發出一陣驚呼，我也驚訝地看了看天花板，博物館的供電一向是最謹慎的，怎麼會忽然燒壞了電箱？黑暗中，只覺爺爺拍拍我的肩膀，聲音中多了一絲警覺，說：「小憐，你在這兒等我，我去管理室看看。」

四周變得無比安靜，我乖乖站在原地等待。

一片漆黑之中，背後隱約傳來爺爺的聲音：「小憐，咱們去密室拿鎮魂珠吧。」

我愣了一下，笑著回應：「我看過一遍密室的地圖，就算摸黑也能找到的，原來爺爺是故意要試探我呀。」我馬上辨別方向，轉身朝密室走去。

爺爺的腳步聲在我背後響起，步伐似比往常輕快了不少。

靜靜地走出數十步後，我往右一轉貼牆靠站著，背後的人跟了過來，我猝不及防地一腳踹出去，他卻身手敏捷地避開了。

那人不再模仿爺爺的聲音，年輕的聲音略帶一絲驚訝，「端木憐，竟然被你發現了。」

我懶得理他，拿出手機用螢幕光亮照向前方，再順手抓起角落裡的滅火器朝眼前這個身穿夜行衣的人頭上砸去，他卻俐落地閃身避開。只聽「砰」的一聲，玻璃碎裂聲響迴盪在空曠的博物館中。原來我沒砸到對方，反而擊中了他背後的玻璃櫃，身體霎時也失去平衡向前

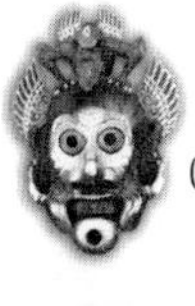

仆去，我下意識地將右手往地上一撐，卻發覺掌下所及如泥一般鬆軟，竟陷了下去。我遠遠聽見爺爺的聲音，來不及回答，眼前已是一陣天旋地轉，和那個身穿夜行衣的賊雙雙落到了地板下的密室裡。

原來安放鎭魂珠的地方在這裡，方才應該是我的手掌觸動了密室機關。我仰面摔在地上，只見四周籠罩著一層淡紫色光暈，一顆明亮的珠子被放在石室正中央的圓柱形臺座上，深藍色天鵝絨布將它襯托得愈加神祕華貴。

「你現在知道……我爲什麼看出你是假的了。」我看著起身站到我面前的黑衣人，虛弱地開口，「因爲我根本沒有看過密室的地圖，這回完全是誤打誤撞闖進來的。」同時掙扎著往他的方向蹭去。

「很警覺嘛，你們端木家的子孫果然不簡單。」黑衣人幽幽地說，斜睨了我一眼，逕直朝鎭魂珠走去。

他剛把鎭魂珠攥到手裡，腳就被躺在地上的我伸腿橫掃而險些跌倒，那隻拿著鎭魂珠的手本能地往牆上一撐……

只聽「喀嚓」一聲，鎭魂珠陷入牆上的凹槽中，似是對上了某個機關，那面牆自中間裂開，滿室霎時亮如白晝。我被強光刺痛了眼睛，隱約只看見緩緩升起的銅鏡散發著太陽般燦爛的光芒……

黑衣人愣住片刻，欣喜若狂地喊著：「青鸞鏡！青鸞鏡！」一邊激動地朝銅鏡奔去。

我的腦中頓時一片空白，只知道這青鸞鏡無論如何也不能在我手上丟失。於是我掙扎著爬過去，一把抱住他的腿，喊說：「不可以……任何人都不可以拿走它……」

黑衣人急於擺脫我，手肘狠狠下擊打中我的脊椎。這一襲打得我疼痛無比，可是我仍沒有鬆手。

「快放手，不然我會殺了你。」他低頭俯看我，雙目閃著猩紅的光，彷彿這面青鸞鏡他勢在必得。

我怔了怔，倏地鬆了手，黑衣人一愣，以爲我是怕死，有些嘲諷地瞟了我一眼，轉身又朝青鸞鏡走去。我用盡最後一絲力氣，掙扎著站起身，趁他背對著我時，飛快地抽走他腰間的銀色手槍。

「別動……」我正喊出，可他畢竟是個高手，「動」字尾音還未脫出口，黑衣人已經飛快地回身抱住我。他緊緊扼住我的手臂，在我耳邊冷冷說道：「想死是嗎？我成全你。」

「可是我卻不能成全你！」我拚命掙脫他的手臂，將那把槍對準了自己的胸口……拉扯之間，只聽「砰」的一聲……四壁回聲陣陣，飄渺如塵。

這把銀槍的威力足以貫穿兩個人的心臟。

四周忽然無比沉靜，靜得彷彿能聽到子彈穿透自己血肉的聲音……

青鸞鏡的燦然金光和鎮魂珠的熒熒紫光纏繞著在我面前閃爍飛舞，散作陣陣星輝，我下意識地伸出手，卻什麼都抓不住……感覺到身體彷彿騰空而起，接著眼前一黑，我就失去了知覺。

3

「奴婢求求媚主子，手下留情啊，我家小姐自小沒受過苦，如此下去會出人命的……」一個哀求的聲音夾雜著哭腔，隱隱在我耳邊響起。

「不過是挨了幾鞭子，裝什麼死。來人，給我把她弄醒了！」一個嫵媚嘲諷的聲音混著一絲冷笑，漫不經心地說道。

我的意識尚未完全清醒，忽然一盆冷水當頭澆下來，身上數處傷口隱隱作痛，我緩緩睜開眼睛，瞧見自己身穿的淡青色水袖錦裙已是血跡斑斑，破敗得不成樣子。臉上的水滴順著頭髮一點一點流淌下來，滑過皮肉綻開的傷口，陣陣生疼。

這是哪裡啊？我愕然抬起頭，卻正對上一名陌生女子冰冷的眼睛。她身穿一襲橘色芙蓉袖的輕薄紗衣，一雙丹鳳眼，顴骨很高，頭上綴著金燦燦的牡丹步搖，面孔算不上美貌，倒也有幾分嫵媚。她端坐在屋子正中的紅木椅上，得意地看著我，旁邊畢恭畢敬地站了一群侍女和男僕。

「小姐……小姐……」方才爲我哀求的那個侍女原本跪在一旁，見我醒了，哭著爬到我腳邊，滿臉都是淚水。

以他們的裝束來看，難道我穿越到古代來了？這是哪個朝代，我又是什麼身分？我是借助青鸞鏡的力量才保住性命的嗎？它和鎮魂珠現在又在哪裡？

完全弄不清眼前的狀況，我只覺腦袋亂成一團，身上的傷還麻麻地疼著。眼角瞥見跪在我腳邊的侍女，忽然意識到她是在爲我流淚，我心中不禁一暖，用沙啞的聲音開口說：「我沒事。」

「碧香沒用，是碧香救不了小姐……」她見我如此虛弱地安慰她，愈加哭得厲害，轉身面朝那個嫵媚女子不停地磕頭說：「媚主子，我求您饒了我家小姐吧，同是司空府的侍妾，何苦鬥得你死我活呢……況且司空大人就快回來了……」

「住口！」

一只茶杯狠狠擲過來，正好砸在這可憐丫頭的身上，泛著滾燙霧氣的熱水潑落在她僅有淺薄衣裳覆著的稚嫩肌膚上，碧香隱忍地悶哼了一聲。我見狀不禁心中一怒，把我綁著打成這樣也就罷了，沒道理連個小小丫頭也不放過吧。

只見那名身穿橘衫的嫵媚女子挑眉喝道：「沒想到這沒用的主子倒有你這麼個伶俐的丫頭！只可惜伶俐得不是地方！」她冷笑著掃了我一眼，「你家主子不受寵你也不是不知道，今兒個我不妨把話說白了，就算今日她元清鎖死在我這煙雲閣裡，司空大人也不會有半分怪罪。」說著用袖口掩嘴笑了一聲，轉頭望向我，續道：「說不定啊，借我的手除了你，正合他意呢。」

聽到這裡，我不禁心中納悶，從碧香的話聽來，我跟這女人應該同是那位什麼司空的侍妾，這女人擺明是趁老公不在家的機會出手整治情敵。可是她為什麼說那位司空大人也想置我於死地呢？

「這位姐姐，你我共事一夫，本該互相體恤。如今鬧翻了，總應給我一個理由吧？我到底犯了什麼錯，值得你對我動這般私刑？否則就算能到司空大人那裡邀功，你也是理屈呀。」我揚起唇角，盡量讓自己笑得謙和有禮。此刻我心裡卻是暗自惱火著，自己怎會這麼倒楣，在現代被不知哪來的小賊殺死也就算了，到了古代還要受皮肉之苦；跟別人共有老公我也認了，大不了離家出走，可偏偏還是個不受寵的，眞是連買彩票都沒這麼準。

似乎是沒想到我會說出這樣一番話來，那橘衫女子明顯一愣，略略驚詫地看著我，一時竟沒有答話。

跪在我腳邊的侍女碧香同樣驚訝地看了我一眼，緊接著回過頭說：「是啊，媚主子，我家小姐就算眞的偷了您的羊脂碧玉簪，也罪不至死呀！這都抽了好幾鞭子，什麼火也洩了不是？恕奴婢斗膽提醒您一句，除了司空大人，還有宰相府那邊您亦須交代呢。」

果然是個伶俐的丫頭，我頗爲讚賞地望了碧香一眼。

卻見那個媚主子臉上泛過一抹青色，被這樣一頓搶白，面子上顯然掛不住。她怒目瞪了碧香一眼，說：「好你個狗奴才，倒教訓起主子來了！你家主子好歹是名侍妾，你算個什麼東西，也敢跟我這麼說話！」說完使了個眼色，她背後的男僕旋走上前，狠狠一巴掌朝碧香臉上甩過去。劈啪幾下，可憐丫頭嘴角滲出血來。

「住手！」我也不知自己打哪來的力氣，能夠大聲喊出。

那個男僕被我冷不防吼一聲，竟眞的住了手。

「有種你就殺了我，何必平白拿個下人出氣，沒的自降身分。」我深吸一口氣，挑了挑眉說：「你要不是心有忌憚，也不會趁司空大人不在的時候才來動我。今兒個我不妨也把話挑明了，我根本無心跟你爭什麼，你也該適可而止。否則的話，今日我所受之恥，他日必定加倍奉還。」

典型的談判學，威逼、利誘外加恐嚇。我臉上保持一副沉靜的表情，心卻突突直跳，誰曉得這個瘋女人會不會眞動手殺我滅口。

只見那女子臉上迅速泛過一陣青白，愣愣地看了我半晌，冷笑一聲後說道：「元清鎖，我原還小覷了你！今日暫且放你一馬，看你日後可再敢利用你娘家勢力在司空大人身上動心思！」語罷旋忿忿起身，帶著一干隨從拂袖而去。

破落的暗室裡，忽然寂靜下來。碧香哭泣著解開我手腳上的繩索，雪白肌膚上早已勒出道道血痕。

我疲憊地跌坐在地上，想著方才發生的一切，感覺好像墮入一場夢境……穿越古代便就算了，偏偏落到這種鬼地方！想起爺爺，想起我遠在二十一世紀的家，只覺心下一片黯然。

4

「小姐，我們以後怎麼辦，怎麼辦啊？

「小姐，您早這樣就對了，兔子急了還咬人呢，那媚主子實在欺人太甚啦！您好歹也是宰相大人賜給司空大人的人，她不過是妒忌小姐您身分高罷了。

「小姐，別怪奴婢多嘴，司空大人雖然相貌堂堂、氣宇不凡，看起來是個翩翩佳公子，可實際上不過是個整日流連煙花之地的紈袴子弟，哪值得小姐您對他這般深情厚意……」

我躺在地上，全身痠痛，剛吃過那個媚主子派人送來的粗茶淡飯，心中一片愁雲慘霧，碧香卻在我身邊碎念個沒完，我爲了弄清自己的身分，只好默默地聽下去。聽了快半個時辰，終於大概弄明白了自己的身世。

她家小姐名叫元清鎖，是宰相大人宇文護之妻元氏的遠房姪女，送給了司空大人宇文邕做侍妾。這個宇文邕是花花公子，表面上欣然接受，實際上卻對她棄之不理。府裡其他侍妾妒忌她身分高又瞧她性子軟弱，總是變著花樣下手欺負。方才那個名叫江燕媚的媚主子如今最得寵，出手自然比別人狠，元清鎖被狠抽了幾鞭子之後就不省人事，昏迷了一天一夜，醒來之後卻成爲我端木憐。

「這司空大人到底有多少侍妾？」我心中好奇，不由開口問道。話一出口，我又覺得不妥，生怕這伶俐的丫頭會察知有異。

「哎，小姐日日把自己關在房裡，也難怪您不知道了。光這煙雲閣裡就有二十幾名侍妾，還不算府上的歌姬舞姬……司空大人生性風流乃舉國周知之事，枉小姐對他一片深情，他卻不屑一顧。媚主子當著司空大人的面擠對您，司空大人看都不看您一眼，也怪不得所有人都能騎到咱們頭上來了。小姐您每日在房裡不是繡花就是垂淚，其他侍妾只道是您清高，其實您對司空大人的一片心思她們又怎會知道……」這丫頭伶俐歸伶俐，可缺點就是話多，我問她一句，她眼睛不眨一下就能給我答出十句來。

然而我也從碧香的話裡知曉了更多關於元清鎖的事，看來我這位宿主雖然不得寵，卻對宇文邕這花花公子一往情深。說起來也真難爲她了，不但要忍受自己喜歡的人跟別人在一起的痛苦，身體上還要受皮肉之苦，身心雙重折磨下，無怪她挨了幾鞭子就一命嗚呼了。我不由對這素昧謀面的司空大人心生怨懟，好個不負責任的男人，就算古代的女人沒地位，可以像禮物一樣送來送去，可是不喜歡就別收下啊，何苦毀人一生。

不過說起來，宇文邕這個名字聽起來好熟悉，似乎是歷史書上相當風光的人物。還有宰相宇文護，似乎是跟這個宇文邕糾纏不清的某號人物，提了其中一個就不會落了另外一個。他們之間到底是什麼關係，日後又會發生什麼事呢？歷史書上應該有寫吧，可是我現在身心俱疲、神智恍惚，儘管絞盡腦汁，一時之間卻什麼都想不起來，只隱約記得「宇文」是北朝皇族姓氏。

「碧香，我們逃走吧。」我看著碧香，神情認眞地說。既然留在這裡這麼不開心，我何必要委屈自己？想我一個堂堂現代人，就不信離開司空府會活不下去。而且正好可以出去尋找青鸞鏡的下落，若是再找到鎮魂珠，說不定能夠重返現代。

「小姐，您是說眞的嗎？」碧香一愣，睜大眼睛看了我許久，難以置信地喃喃問道。

想來那元清鎖是個懦弱不爭的女子，以前是萬萬不會生出這種想法的。

我不再答話，起身躡手躡腳地走到窗邊，三兩下撬開窗扉插銷，動作敏捷地翻越出去。

「來，你踩凳子爬到窗上，我接著你。」我朝碧香伸出手，壓低了聲音說話。我人已在窗外，碧香隔著窗盯視我，表情有一絲猶豫，但終究還是按我說的做了。

此時夜深人靜，煙雲閣都是女眷，看守的人皆立在十丈開外。我剛拉著碧香爬上府院高牆，背後忽有火光沖天。我回過頭，只見一個面目清秀的青年已經追到了我背後，從衣著來看，應該是司空府的侍衛總領。他背後眾多府役也握著火把趕上來。

碧香心中一急，雙手一鬆，幾乎就要掉下牆去。我手疾眼快地一把抓住她的手，自己卻險些跟著墜下去。

「清主子，你可知擅自離府是何罪名？」清秀的侍衛總領立於牆下，仰頭看我，嘴裡雖叫我一聲主子，語氣裡卻連半點尊敬也無。

碧香還拉著我的手半吊在牆上，我艱難地撐持著，再這樣耗下去我們兩人遲早都會掉落。雖然情勢危急，我嘴巴上卻不肯饒人，冷笑說：「你這侍衛做得倒好，我在府裡被人打得半死你視而不見，逼得我自求生路時你卻火眼金睛。擅自離府是何罪名我就不知道，媚主子下的令，你去問她好了！」

那侍衛總領聞言一愣，驚異地看了我一眼，彷彿不敢相信這些話是從我口中說出的。他面上閃過一絲惻然，頓了頓，剛想再說些什麼，我卻已經堅持不住，碧香的手也漸漸滑落。我心中一急，語氣旋來個一百八十度轉彎，說：「其實今天的事是我一個人的主意，侍女碧香苦苦挽留，我卻一意孤行，拋下她獨自跑掉。啊，接著！」眼看碧香就要墜下牆，我趕緊借力一蕩，將她朝那侍衛總領的方向輕甩出去。

聽到我的喊聲，那侍衛總領下意識伸手一接，剛好將碧香接了個滿懷。見她沒有危險了，我不由得長舒一口氣。

「楚總管，我求您放我家小姐一馬，她只是一時之氣……」碧香剛緩過神來，就立刻撲跪在地上為我求情，一臉焦急地頻頻回首看我。

「楚總管，你也看到了，我逃走之事真的跟碧香無關。只求你念及她乃無辜，如實稟告司空大人，保她周全。小憐感激不盡，日後必會報你今日之恩。」我正色說道，極其真誠地望了他一眼，轉身朝牆的另一側縱身跳去。

5

那個楚總管絕非飯桶，我逃出司空府之後，他隨即派人兵分四路捉拿我。

馬蹄聲陣陣，估計我就算跑出二里地遠也會被他們給追回，我只好躲在司空府牆下的廢井裡。現在只希望這個不是飯桶的楚總管能有幾分正義感，替我保住碧香。

在廢井中躲了一夜，外面漸漸沒了動靜，我才敢出去。

我頭重腳輕地沿街向北走，腦中一片混亂，茫茫然不知該往哪裡去。這個國家算不上貧瘠，但也絕非富庶，所見百姓皆是布衣素食。我到集市上用耳環換了一匹馬，一路往南，心想這天下之大總有我能安身的地方。可轉念又想到青鸞鏡仍下落不明，五湖四海我該從何找起是好，心中復又憂悶，好像身陷濃雲迷霧中找不到方向。

出城往南行了許久周圍淨見山野樹林，我長途勞累，加上心中忐忑難安，此時已是疲憊不堪。剛想下馬歇歇，卻聽見「嗤」的一聲，一支長矛不知從哪裡投擲過來，刺中我身下的馬，馬兒受驚，前蹄揚起將我摔落。我疼得躺在地上起不來，忿忿地欲跟這不速之客理論，一回頭卻猛地被眼前的情景驚呆了……

只遙見一隊身穿青銅鎧甲的戰士，頭綁著紅色布條，手握銀尖木柄的紅纓長矛，像一波滾燙潮水般，呼喊著奔湧過來，頓時黃沙滾滾。步兵後面還有騎馬執盾的騎兵接踵而來，齊聲「咿呀咿呀」呼喊著什麼，混著零落又沉悶的腳步聲，說不出的驚心動魄。

我本就摔得渾身痠痛，眼前又忽然出現這般情景，乍覺全身虛弱到提不起半點力氣。還沒緩過神來，霎時再聽見背後同樣傳來震天殺聲，我駭然轉過頭去，卻見有另一群軍隊迎面而來，頭上綁著藍色布條，數量比另一方少許多，可是殺氣更重，領頭的幾個將士手握大刀，眼中滿布深陷絕地的悲愴而略顯猩紅。

黃沙騰起，模糊了我的視線，我呆望著前方，感覺心臟劇烈地跳著，耳中激鳴一片……金屬碰撞之聲，血液噴薄之聲，還有人們軀體倒落地上之聲……

一個士兵被砍倒在我眼前，脖頸上鮮血如泉般噴湧而出，大片大片染紅了我身上煙青色的輕紗薄裙。我的肩膀不禁微微顫抖著，一種從未有過的恐懼灌滿了我的心。一直以為，這些場面純是電視劇中的橋段罷了，做夢也未想到有朝一日我會身臨其境目睹。戰場上無數的鮮活生命正逐秒消逝，空氣中充斥血腥與死亡的味道。

我這才意識到自己身處的世界有多麼可怕，在司空府裡要跟其他女人勾心鬥角、互相算計，隨時都有性命之憂，而出了府，竟又踏入更血腥的世界。各民族尚未統一，混戰連年，路有餓殍，血流成河，這就是北朝。

兩方人數懸殊，藍布條的一方已漸漸落了下風。就在這時，西方有一騎白馬風馳電掣地衝過來，馬上男子身穿錚亮銀色鎧甲，映著背後斜暮，泛著金燦燦的耀眼光芒。

他面上戴著副猙獰的銀色面具，透出肅殺之氣，手執長劍策馬而來。銀鎧戰士左擋右擊迅速殺出一條血路，一時間無人得以逼近，他卻忽然勒馬停住，高舉長劍朝天一指。

從我的角度只瞧見金光奪目，斜暮勾勒出他長劍擎天的影子，冷峻英挺，遠遠看去壯美如畫。

四周殺聲震天，他的長劍倏忽一落，草叢中立刻湧出眾多頭纏藍布條的士兵，臉上塗著濃綠草汁，似是埋伏了許久。紅方軍隊中有人大呼「中計了」，然後就是一片混合著哀號的廝殺聲。

我的眼中不知何時已是迷濛一片，紅色沙礫在眼前放肆飛舞，一個被砍斷手臂的士兵哀叫著跌在我身上。我被壓倒在地，只覺四肢百骸都失去了知覺，半點推開他的力氣都沒有。

不知道過了多久，周圍漸漸安靜下來。

哀鴻遍野。

藍色的一方獲勝了，眾將士疲憊地清理戰場，押走戰敗的俘虜，同時搶救己方的生還者。壓在我身上那個斷了手的士兵被救走，我眼前現出一片暗紅低迷的天穹。眼眶刺痛，我無意識地望向半空，正對上一雙湖水般幽深寧靜的眼眸。

暗紅色的天邊，最後一縷陽光緩緩消失。他身上的銀色鎧甲熠熠生輝，宛若月光清冷閃耀，這副猙獰肅殺的面具如此眼熟，但因心中無比混亂，我驟然想不起曾在哪裡見過。

他俯身將我扶起，面具後的雙眸澄明如鏡，冷漠無波，他的手掌卻十分寬厚而溫暖，一股熱力透過衣衫滲入我的肌膚，那樣輕易就搖盪下我眼中淚水。

「爲什麼、爲什麼這裡的人定要互相算計，自相殘殺？爲什麼不能和睦共處，非要爭得你死我活？爲什麼、爲什麼要有戰爭……」靠在他溫暖的懷裡，我拽住他的衣袖，喃喃地說。我眼中一片迷茫，淚水簌簌地滾落，心中的酸澀比之更甚。

面具後的眼眸微微一怔，頗帶審視意味盯看著我，隱隱可瞧見他濃黑修長的睫毛似蝶翼般翩躚。

「無論誰死了，都會有人爲他難過的吧？我走了，爺爺也會傷心的……爲什麼要殺人，爲什麼要打仗，爲什麼要讓別人難過……」不知不覺我已是淚流滿面，語無倫次，雙手仍然緊緊抓著他的衣袖。

接著我腦中一陣眩暈，意識漸漸抽離……隱約看見面具之後，湖水般寧靜無波的眼眸掠過一絲波瀾，他伸出修長白皙的食指爲我揩去臉上淚水，在我耳邊輕聲說了一句我未聽清的話語，隨而一把將我橫抱在懷裡。

這個懷抱好溫暖，讓陷在古代這麼久的我第一次感受到安心。他身上散發一種獨一無二的香氣，清幽寡淡，沁人心肺。

經歷這樣一番心驚肉跳的狀況，受驚過度的我失去了知覺，恍惚中只覺置身於雲霧裡，溫暖而柔軟。

6

我慵懶起床，已是日上三竿。在這僻靜的軍營裡休養了幾日，前些日子所受的驚嚇終漸消退，轉而化成一股柔韌的堅定——無論如何，我都要在這裡生存下來，找到青鸞鏡和鎮魂珠，也許還有機會可以返回現代，即使只有一線希望也好。

照顧我的是個十一、二歲的小兵，名叫阿才，不過是個半大孩子，說話聲十分清脆。他說我昏迷了兩天兩夜，他家將軍來瞧過我一次，但已於前夜裡奉旨班師回京去了。

「你們的都城是哪裡？」我好奇地問起。北朝版圖四分五裂，就不曉他們是哪一方的。回想起那雙藏於冰冷面具後幽深如湖泊的眼眸，我心中莫名地生出一絲暖意。

「鄴城。」阿才愣了一下，隨即答道。就像現代人不知道北京一樣，他大概沒想到有人會問這麼蠢的問題。

「鄴城……」我無意識地重複道，腦海中搜索著相關的知識記憶。這樣看來，他應該是北齊的將軍了。

「你家將軍叫什麼名字？」我輕聲問道。想到自己曾在他懷中，拽著他的袖口語無倫次胡言一通，我的臉頰飛快泛過一抹紅暈。

「我家將軍驍勇善戰，對老百姓也相當親善，姑娘回城之後自會聽見他的威名。」一提到將軍，這名小兵立即展顯出滿臉景仰和得意的表情，不敢提他名諱，反還驕傲地跟我賣了個關子。原來他把我當成附近一帶的民女了。

若要真是普通的民女倒好，起碼有個可以回去的地方。想到這裡，我不禁黯然神傷，說：「煩勞你這麼久，我也該走了。你叫阿才是吧？今後若有機會再見，我可教你幾招上陣禦敵的本事，包管你沒幾天就升爲庶長。」這個阿才純樸敦厚，雖然照顧我時笨手笨腳，仍算給了我穿越至古代之後難得見到的一點溫暖。

阿才卻上下打量我一眼，不屑地說：「你……教我上陣禦敵的本事？哈哈，教我繡花還差不多吧。」

我微微一愣，旋也覺得自己的話可笑，一個古代弱女子揚言教男子上陣禦敵，怪不得人家不相信了！可其實我也不是在吹牛，身爲端木家的子孫，兵法、拳腳乃是必修的一門課程。當下我卻不再辯解，改口問說：「對了，往這方向走下去會到哪裡啊？」

阿才順著我手指的方向望去，頗認眞地想了想，回答說：「都是些小鎮子，過了邙山，再遠就是長安城了。」

念及長安，我若有所思。昨晚午夜夢迴，我起身走到院子裡呼吸新鮮空氣，陡然看見西方不遠處升起一道熟悉的熒惑金光，光芒萬丈，穿透力極強。我不會認錯的，那是青鸞鏡的光輝。

「鸞鏡一出，天下歸一」，傳說擁有青鸞鏡的人便可坐擁天下。爺爺也曾說過，青鸞鏡乃是仙家之物，無意中流落凡間，只有九五至尊的人間帝王才配得到它。照此說來，青鸞鏡應該會被帝皇之氣所吸引，落到長安也是極有可能的。怕只怕它落入奸人之手，或是流傳入市井，稍有不慎都有可能牽扯出改朝換代的大事來，所以我一定要找到它。

我跟阿才道了別，他以爲我就住在剛攻下的城裡，也不挽留。我牽著他送給我的棗紅馬一路向西，一面留心觀察著沿途的風土民情，一面在心中盤算著找到青鸞鏡之後該去哪裡。

背後忽然傳來車輪滾動的聲音，馬蹄聲踢踢踏踏，行得緩慢平穩。我回頭一看，原來是輛精美華麗的馬車行過，錦白簾子上綴著絲絲縷縷的紅色流蘇，車夫頭戴黑帽、衣著整潔，應當出自大戶人家。我放慢速度，策馬讓到一邊，不經意地轉過頭去，乍見馬車上的簾帳被撩起，露出一張美豔動人的臉孔。

纖纖素手輕撩窗紗，見到我，那美人黛眉輕挑，露出驚訝表情，「清鎖姐姐，你怎麼會在這裡？」

我一愣。清鎖？她是在喚我？正猶豫著該怎樣回答，她已經叫車夫停車，踏著碎步嫋嫋婷婷地向我走來，仰頭看著我，啓口說：「清鎖姐姐，我是朝中大臣之女顏婉，曾在宰相府與姐姐有過一面之緣。姐姐不記得了嗎？」

原來僅有一面之緣，我暗暗鬆口氣，遂翻身下馬，淡淡施個禮，「清鎖見過顏姑娘。」

顏婉微微一愣，隨即笑著挽住我的手，說：「姐姐這是去宰相府吧？宰相大人過壽，聽說司空大人也在那裡呢。爹爹讓我攜著賀禮先到，沒想這等趕巧碰上姐姐了。」

「啊，是啊，真巧。」我陪笑道，心中卻暗想，看她這樣熱情，同行一段是在所難免了，不過無論如何也要在抵達司空府之前甩掉她，不然豈非自投羅網。

「清鎖姐姐在司空府日子過得可好？司空大人公事繁忙，時常好幾個月不在府上，姐姐可要獨守空房了。」顏婉拿絳色水袖掩了口，輕聲笑開。

聊了好一會，我跟她漸漸熟絡起來，卻沒想到她會這麼大咧咧的，居然說出這樣的話來。不過轉念一想，北朝多屬異族，並不像漢人那樣恪守禮教，相對來說應該奔放許多。

但再奔放也應該沒有我這個現代人奔放吧。

我挑了挑眉，「看來顏妹妹對司空大人很是關心呢，這一路都跟我聊著他，現下怎麼連閨房之事也問起了？」說著，也學她的樣子用袖子掩口輕輕呵笑，卻恍然發現自己的衣衫已經破敗不堪，比起她身上的錦繡綾羅相形見絀。

聽我用玩笑口氣說出這句話，顏婉微愣住，臉頰閃過一絲紅暈，笑著拉扯我的袖子，說：「哪裡啊，清鎖姐姐說笑了。姐姐路途勞累，衣衫都被樹枝刮壞了，若不嫌棄，就先穿妹妹的吧。」

「好的，那就多謝妹妹了。」我點點頭回答。

顏婉急忙扯開話題，大概是生怕我再追問下去，不過我對我那掛名老公並沒什麼感覺，所以也不以爲意。

片刻工夫過後，顏婉把一件深紫色絲綢長衫放到我手裡。我只覺這衣料涼滑細膩，陽光順著車窗絲絲縷縷灑落其上，泛著一層淡淡金光，熠熠生輝。

我不禁一怔，看來這顏姑娘果然是大家閨秀來著，出手好大方呢。

「妹妹，這衣服……未免太貴重了吧？」我抬頭看她一眼，暗自思忖著，她跟元清鎖才見過一面而已，感情眞有這麼好？

「婉兒跟姐姐早已相識，姐姐何必如此生分呢。」顏婉粲然一笑，伸手又把衣服推入我懷裡。

一路行至長安，車夫回過頭來興沖沖地稟報，說再行半個時辰就將抵宰相府了。我心中暗想，該是我閃人的時候了。

「顏姑娘，我知道長安有間小店，糕點做得美味，不如我去買來給你嘗嘗吧？」我湊近車邊，回頭對顏婉露出個大大的笑容。

顏婉微微一怔，想了半刻才回說：「姐姐要吃什麼，我讓下人去買就行了。」

「不用，還是我自己去吧，你到宰相府候著我好了，我一會兒就回來。」我擺擺手道，一邊不由分說地躍下馬車。

「姐姐可得早點回來啊。」顏婉清脆嗓音自我背後響起，頗像是眞心希望我留下。

我頭也不回地朝她擺擺手，心想這是後會無期了。

長安城內果然繁華，青石板路上人來人往，街邊攤子上百貨琳琅滿目。我一路走走停停，最後在一家乾淨的客棧落腳。我心中盤算著，今天十五又是月圓之夜，青鸞鏡應該還會發光才對，我即可順著那道金光找到它的所在，拿到手之後如果回不了現代，我就帶著它歸隱山林。

雕花木窗外忽然傳來嘈雜聲響，我探出頭去，只見一群身穿鎧甲的士兵正押解著幾十個囚犯穿過後巷，引來路人陣陣側目。囚犯們被一根繩子綑綁著，衣衫襤褸，臉上滿布污漬，表情卻是倔強不屈。

隱約聽見站在樓梯底下的眾人議論紛紛：

「這是齊國戰敗的俘虜吧，聽說要送到邊疆去做奴隸呢。」

「做奴隸？哪有那麼好，宰相大人打了敗仗，怕是要拿他們出氣吧。」

「聽說宰相大人本要殺了他們示眾的，不過天王不同意，只下令把他們貶爲奴隸……」

「噓，什麼天王啊，現在要叫皇上了，你也不怕被人聽見了惹麻煩。」

我豎著耳朵聽得一頭霧水，天王，皇上？似乎曾在歷史書上讀過這麼一段記載，不過當初我哪想得到自己有天會穿越到北朝來，根本就沒有認眞學習……

算了，不管了，還是養足精神，準備夜取青鸞鏡比較重要！

7

這是一座豪華的府第，圍牆足有一米半高，正門處矗立著兩座姿態威嚴的玉石獅子，左右兩邊各站有三名侍衛，腰間佩刀，警衛森嚴。

我不禁暗暗好奇，心想這戶主人家要不是巨富就是大官了，不僅排場大，連仇家也多，故才需這樣日防夜防。

趁著夜深，我踩著馬背爬到牆上，輕輕踢牠一腳，那棗紅馬立刻吧嗒吧嗒地朝前疾奔。府裡巡邏的侍衛皆被馬蹄聲引去，我乘隙跳入草叢裡，沿著月牙門悄悄潛了進去。

方才我站在客棧樓頂上等了許久，那裡應該是長安城中最高的地方，可也沒發現天空中映出青鸞鏡的金光。等得快失去信心的當頭，卻見這座府中閃出一道熒熒紫光，緊接著熟悉的金色光芒便沖天而起，與圓月光輝遙遙相應，不久消失在空茫高遠的夜空中。我見狀一愣，莫非鎮魂珠和青鸞鏡同在這座府裡？

月牙門外，一片燈火通明中傳來琵琶與古琴的樂聲，甚是悅耳。我藏在樹叢後遠遠望去，只見這座府邸大得出奇，亭臺歌榭樣樣俱全，幾個錦衣金冠的男人坐在湖中的小亭子裡頭飲酒，前方歌臺上有樂隊鳴奏絲竹管弦，數名身穿豔裝的舞姬正和著音樂翩翩起舞。

「宰相大人，我敬您一杯，祝您翠如松柏，享盡永年。」

「哈哈，在座都是自己人，張兄何必拘泥，我老李有什麼說什麼，我祝宰相大人重權在握，屹立不倒。來，喝！」

酒席霎時安靜下來，空氣中流轉著一股詭異氣息。

「宰相大人，不是我多嘴，您看那小皇帝真是越來越威風了，我們『還政於帝』，他就來個照單全收，還說什麼……老李，他說什麼來著？」

「稱王不足以威天下，始稱皇帝。」那個叫老李的人看了看坐居首位那位長者，沉聲回答道。

看來那位長者就是他們口中的宰相大人了。咦，宰相大人這稱呼好耳熟哩！

「哼，沒有宰相大人，我們大周能有今天？我看啊，他跟他那不開竅的哥哥宇文覺一樣……」

「行了，張大人，你喝醉了。」宰相大人把酒杯重放桌上，低聲喝道。

此時他表情雖不甚嚴厲，可依然震懾力十足。席間又出現一片詭譎的靜默，那個姓張的大人醉醺醺眼目似乎清醒了一半，頗有些怯怯地望他一眼，旋俯首不再多言。

「邕兒，你怎麼看？」沉默少頃，宰相大人把頭轉向坐在他左側的年輕男子。那年輕男子背對我坐著，身形挺拔而俊朗，正摟著一名舞姬。

一時間，席上所有目光都集中在那人身上。

他卻彷彿已酩酊大醉，靠坐他身上的舞姬笑得花枝亂顫，正在餵他酒喝，聞言嬌聲道：「司空大人，宰相大人在問您話呢。」

司空大人？宇文邕？我心中一凜，世界不會這麼小吧，他居然就是我那荒淫無度的掛牌夫君？

「哦，是嗎？」宇文邕輕捏了捏她下巴，回過頭來對宰相大人說：「皇叔您方才說什麼？我沒有聽清楚……這紅葉姑娘長得可眞美，皇叔把她賜給我好不好？」

「我說司空大人，你府上的歌姬、舞姬少說也有百來人，宰相大人可是把夫人的姪女都許配給你了，你早已豔福無邊了，還不滿足？」氣氛稍稍緩解，那個喝醉了的張大人又來了精神，笑著接口道。

宰相大人掃了宇文邕一眼，精光閃爍的眼眸歸於平靜，笑應：「張大人又取笑他了。男人三妻四妾也沒什麼，今日但求盡興，來，乾！」說著，舉杯將銅樽裡的酒一飲而盡。

古代人的想法實在不可理喻，男人三妻四妾沒什麼？哼，憑什麼？我白了那幫男人一眼，無心再聽他們談話。看來青鸞鏡不可能在庭院裡，多半應會被收在書房、金庫這樣的地方。念及此，我轉身剛想走出這園子，卻只聽「嘶啦」一聲，身上布料扯裂，被衣帶勾住的樹枝劇烈搖晃起來，抖下數片綠葉。

「什麼人？」這聲響馬上驚動了府裡侍衛和酒桌旁的人，只見他們警覺地四下張望，然後起身朝我的方向走過來。

我心中暗暗叫苦，都怪衣服上襯有那麼多累贅的珍珠流蘇，害我被人逮住。

侍衛們舉著火把將我圍在正中，我款款站起身，偷眼打量四周，思忖著該怎樣逃脫。耳邊忽然傳來富有磁性的男子嗓音，渾厚而深沉的聲音中透著一抹驚訝，「怎麼是你？」

我抬起頭，映著煌煌焰火，只見啓口之人一襲錦衣金冠，藏藍色長袍泛著清冷光輝。那人皮膚黝黑，眉眼細長，雙眸幽深似海，映著火把躍動焰光尤燦然生輝，可謂風流倜儻。他周身散發著一股霸氣兼富魅惑的氣息，直挺鼻梁配上刀削般的輪廓，竟是俊美得好似雕塑。

我心中暗吃一驚，這合該就是我那位身爲司空大人的夫君宇文邕了，沒想到他居然是個絕世帥哥，難怪府中有好一大群侍妾整日爲他爭風吃醋啦。

「清鎖，你來這兒做什麼？」宰相大人緩緩開口，一雙精明眸子不動聲色打量著我。

我這才看清他的容貌，眼前這名目光炯炯的中年男子額頭上印著幾道深紋，非但絲毫不顯老態，反襯出滄桑歷練，渾身散發一股「說一不二」的懾人氣勢。

我緩過神來，腦子乍轉，急忙趨前一步躬身行禮道：「清鎖見過姑父。」

未等到他回答，只見火光之下我的長裙下襬忽兒金光一閃，彷彿籠罩一層霧，發出熒熒光彩。在場眾人皆驚愕不已，宇文邕更是表情一凜，面色鐵青地看著我。

我一愣，低頭俯看，只見我紫色錦緞裙裾上赫然繡著一隻振翅欲飛的鳳凰，乃用特殊金絲所繡成，白晝時並不能看出這個圖案，映著火光才能顯現出來。紫色代表祥貴，鳳凰代表后妃，我紫衫上暗繡金色鳳凰，明顯是居心不良，對當今帝后的大不敬。

我望著宰相大人頃刻間晦暗下去的雙眸和宇文邕緊張的表情，心中一沉，竟霎時恍然，腦中浮現的各個片斷連綴成完整一段歷史：歷史書上記載，北周宰相宇文護獨攬朝政，先擁立姪兒宇文覺登上大位，後來將之毒死另擁立宇文毓。宇文毓非懦弱之輩，上位之後逐漸籠絡了一班重臣，欲有一番作爲，改「天王」稱號爲「皇帝」，宇文護假借「還政於帝」之名試探而放權給他，他卻照單全收。此舉引起宇文護的忌恨，遂也用毒酒鴆害他。

而我這掛名夫君宇文邕呢，居然是北朝歷史上風光無限的人物。史書記載，他是北周歷史上最傑出的一位皇帝，不僅設計除去宰相宇文護，還使北周迅速發展，後來更滅了北齊，一統北朝。

照這等情形看來，宇文邕尚只是司空大人，現在的皇帝應該是他哥哥宇文毓，然雖說有皇帝，眞正掌握大權者卻是宰相宇文護。我穿著金鳳紫衣，得罪的人並不是皇帝，而是這位宇文護大人，倘讓他誤會宇文邕懷著什麼野心，我和他定然隨時有性命之憂。

想到這樁，我才明白宇文邕爲何會面色鐵青。眾侍衛皆是虎視眈眈不敢作聲，氣氛繃得這樣緊，我額頭上也滲出大滴大滴的冷汗來。

「姑父，請您爲清鎖作主。」我心念如電，撩起裙裾，趨前單膝跪在宇文護面前，作勢拿袖子抹了抹眼淚。

「哦？說說看。」宇文護微微一怔，瞇了瞇眼睛。

「請您念清鎖思親心切，讓清鎖見姑母一面。這樣就算走，我也走得安心了……」我幽怨地覷了宇文邕一眼，接著說：「清鎖嫁到司空府後，煙雲閣的其他侍妾都說我八字不祥，我的房間也經常會無故起火，她們都說是邪靈入侵。清鎖爲了不給司空大人添亂，也爲了不損宰相府的威名，一直隱忍不聲張……」我低垂著頭說，頓了頓，抬眼偷看宇文護的臉色。

「說下去。」他淡淡地說，面色稍緩，卻仍是一臉陰暗。

其他人也都略帶驚訝地看著我，似不明白我爲何會吐說出這樣一番話。

「可是司空大人離府之後，那邪靈尤更變本加厲，以致我夜夜無法入眠。清鎖本就是孤女，這麼多年來多虧姑母提攜照顧，在這世上亦只有她一個親人……清鎖思親心切，卻又無法擅自離府，只好繡了象徵姑母的圖騰在衣服上聊以慰藉，另一方面，也可藉著姑父、姑母的尊貴之氣震懾邪靈……」

說到「孤女」二字，我想起了爺爺，想起了遠在現代的家，想到自己孤身在這暗無天日的北朝，不禁心中一酸，眼眶霎時盈滿了淚，急忙用衣袖去揩擦。宇文邕則怔忡地看著我，眼眸裡閃現一抹複雜的光焰。

宇文護面色稍緩，略帶探究眼神。我心想這個馬屁應該拍得不錯吧，說鳳凰圖騰是象徵他老婆，也就等於誇他是人中龍瑞了，不管他領不領情，只要讓他知道這隻鳳凰不是代表我就行了。何況傳說只有九五至尊的天家氣象才能震懾鬼神，我這也算拐個彎說他是皇帝了！

「起來說話吧。那，你現下怎麼來了？」

宇文護的語氣緩和許多，我琢磨著他既叫我起身，想來我已無生命危險了，不由得在心裡暗吁口氣，嘴上再加幾分巧舌如簧功力。

「清鎖不才，沒能為姑父置辦像樣的壽禮，可也不敢忘了姑父對我的栽培恩情，只希望能遠遠看到您老人家玉體安康，清鎖便就心滿意足。何況、何況司空大人不在府裡，清鎖隻身孤立無援，實在無法應付種種瑣事，遂愈加想念姑母。方才本想悄悄到後院去看望姑母，不想卻驚擾了各位的雅興，清鎖眞是罪該萬死。」我掰得愈加起勁，心中暗暗盤算著，如今這情形想再逃跑的可能性也不大，乾脆先討好勢力最大的宇文護，以後再從長計議。

宇文護和眾人臉上掠過一絲瞭然，想是明白我所說的「孤立無援」是啥意思。女人間爭風吃醋一向激烈，他們都是妻妾成群的人，箇中緣由又怎會不知哩。

「宇文兄，都說你那司空府裡美女如雲，可是你也該拿捏分寸，要是元小姐真有甚三長兩短，你可怎麼跟宰相大人交代啊？」那個張大人揶揄道。

此時宇文邕懷裡還攬著舞姬紅葉，微微怔愣，待要回答。我卻搶先接口道：「其實司空大人一向對清鎖疼愛有加，正因爲這樣，清鎖才遭到其他侍妾排擠。何況男人麼，總是喜新厭舊的。」說著抬眼看他，目光深情又帶幽怨，趁旁人訕笑之際，飛快朝他使了個眼色。

「清鎖，教你受委屈了。」宇文邕會意，走過來俯身將我扶起，一雙寬厚手掌握在我被夜露打濕的手腕上，溫暖頓時蔓延開。

「人不風流枉少年，清鎖你也別太苛求。以後就是念著你姑母的面子，他也會護著你的。」宇文護笑道，眸光頗有深意地落在我身上，又緩緩轉向我夫君。

我心中冷笑一聲，這宰相大人自然巴不得宇文邕沉迷聲色，不過他肯爲我說句話，已算給了很大的面子啦。

我嬌羞無限地看了宇文邕一眼，低垂下頭說：「清鎖謹遵姑父教誨。我也是惦掛著司空大人才擅自離府的，還請大人莫治清鎖的罪才好。」

宇文邕伸手把我攬入懷裡，展現一臉憐香惜玉的風流笑顏，柔聲道：「你這般爲我，我怎捨得治你的罪呢？」

宇文護等一干老臣見此情景，都嬉笑著回身走向宴席，舉著火把的眾侍衛旋也四散開去。明月當空，夜風徐徐，幾樹梨花團團綻放，潔白如雪的花瓣紛揚而下。一時間，園子裡僅剩下我們兩個人。

宇文邕的手很大又很暖，我被他攬在懷裡，頓覺渾身不自在。剛想掙開他，他卻已先將我推開，我猝不及防，向後踉蹌兩步，險些就要跌倒在地。

他冷哼一聲，眼中有昭然的不屑。

第二章　鸞鏡清輝鎖清秋

「讓別人覺得你沉迷聲色、荒淫無度，不正是你企盼的嗎？我方才那場戲演得那樣好，你該好好謝謝我才是吧！」我抱著肩膀，撇了撇嘴，幽幽地說。其實要不是帶著看過相關歷史書籍的先知先覺，我又怎能夠看穿他心中所想？

1

「你幹什麼！」我心中一怒，忿忿地說。

「這句話合該由我問你吧。說，你來這兒到底有何目的？」宇文邕負著手，冷聲說道。他一雙黑眸沉沉望住我，幽深中夾雜一絲厭惡。

還未見到面之前我就對這位什麼「司空大人」沒啥好感，現在證實了他果真不可理喻。我大怒之餘，臉上卻綻出個大大的笑靨，微挑了挑眉毛，柔聲說：「你猜我是什麼目的呢？或者說，你希望我是什麼目的？」

宇文邕一怔，星眸直直逼視著我，眼神探究中夾帶著幾分驚訝。

「讓別人覺得你沉迷聲色、荒淫無度，不正是你企盼的嗎？我方才那場戲演得那樣好，你該好好謝謝我才是吧！」我抱著肩膀，撇了撇嘴，幽幽地說。

其實要不是帶著看過相關歷史書籍的先知先覺，我又怎能夠看穿他心中所想？

宇文邕烏亮眸子裡霎時風起雲湧，緊接著復歸於平靜，看我的神色卻愈顯震驚。溶溶月色下，他一身絳色錦衣翩然翻飛在夜空中，白霜似的月光照在他稜角分明的臉龐上，遠遠看去俊朗無比。

「不過司空大人請放心，你我同在一條船上，害你對我可是一點好處都沒有。其實我的目的很簡單，你敢不敢跟我做筆交易？」我看著他冰冷的表情，心底一聲歎息，好好的一個大帥哥，性格卻這麼惹人厭，眞是白白糟蹋了這副好面孔。

「哼，憑你，也配跟我談條件？」宇文邕聞言又是一怔，劍眉一挑，不屑地說。

「你……」我大怒，再無耐心跟他談下去，剛想發作，卻忽聽不遠處傳來輕柔的腳步聲，環珮叮咚。抬眼一看，只見顏婉在一干侍女的陪同下款步而來。

看見我與宇文邕，顏婉倏地一怔，隨即換上甜美笑容，走過來施施然向他行個禮，說：「婉兒參見司空大人。」

「嗯。」宇文邕淡淡應了一聲，背過身不再看我。

「清鎖姐姐，你可來了，我在西苑等了你好久哩。」顏婉上前挽住我的手，熱絡地說。

「呵，還不是多虧了你送的這件好衣服。」我輕輕一笑。

顏婉微愣，頗有些訝異地說：「姐姐這話是什麼意思？這套衣裳是西域使臣進貢來的，莫非姐姐不喜歡？」

宇文邕回過頭來，星眸淡掃過顏婉的臉龐，面色如常。

「妹妹的心意，我怎會不喜歡。你是一片好心，我倒也因禍得福了呢。」我與宇文邕不經意地對視一眼，笑著拍了拍顏婉的手背。

此時已是三更天，淺白月色透過深藍天幕顯現出來，空氣中流動著清新涼意。我與顏婉並肩走著，心中暗自揣測青鸞鏡的下落。她一路上絮絮叨叨說著話，大概是要先送我回房休息，待到明兒早晨再去見元氏。

「清鎖姐姐，這次爹爹派我給宰相大人送來許多賀禮，都放在這間廂房裡了，姐姐想不想欣賞一下？都是各地刺史進獻的稀世珍寶呢。」走過一段連廊，兩側是雅致的小院，顏婉忽然停住腳步，興致勃勃地說。

已經折騰大半夜了，我雖然累，可是聽到「稀世珍寶」四個字還是來了精神，忙笑著說：「好啊，正好讓我開開眼界。」

顏婉得意地笑笑，一邊轉身吩咐侍女開門，一邊說：「件件價值連城，包准讓姐姐大飽眼福。」

西廂房裡堆著四只大大的桃木箱子，鎖頭是金製的，鎖孔裡透出燦燦光芒。顏婉揚了揚下巴，四名侍女同時掀開那四只箱子，一時間，房裡彷若籠罩一層金霧，就像正午陽光照耀下波光粼粼的水面，奪目光輝足可刺痛人的眼睛。

「喏，這是商朝的銅爵，這是陳國來的玉如意，這是南海的紅珊瑚……」

顏婉一件接一件介紹這些寶物，我卻自顧自地翻看著，心想青鸞鏡會不會也在這批寶物裡頭，可是燦燦金輝中半點碧色也無。白天的青鸞鏡與尋常鏡子無異，估計是不會讓尋常人當成寶物的。

不過顏婉送來的壽禮果然皆是奇珍異寶，我好奇地在箱子裡翻看著，剛把手伸到箱子底部，手指忽然碰觸到箱子深處某樣冰涼之物，低頭一看，原來指尖觸到的是一個一尺來長的銅製人偶。人偶周身烏黑，混在一簇珠光寶氣中很是顯眼，臉上的五官是畫上去的，目如銅鈴，雙唇血紅，笑容陰森可怖，我心中猛地打了個寒噤。

眼前忽地黑光一閃，一團黑暗將原本金燦燦的光輝掩蓋下去，房間中霎時充斥著一股詭異幽暗的氣息。四周頃刻間漆黑似夜，那黑色人偶忽然騰空而起，懸在半空，一雙駭人的眼睛彷彿在看我，口中發出聲聲淒厲的笑聲。我嚇得倒退一步，它的手臂猛地伸長，一把扼住我的喉嚨。我脖頸上傳來冰冷痛感，它的笑聲愈加尖厲，有如夜梟。

房間裡頭的人早已四處奔逃，顏婉離我較近，嚇得蜷縮在角落裡。

我死命握住那人偶的手，艱難地對顏婉說：「你……」剛說出這個字，頓覺喉嚨一緊，再發不出聲音來。

顏婉如夢初醒，跌跌撞撞地奪門而出，顫聲說：「姐姐，我這就去找人來救你！」

此時我已被勒得喘不過氣來，本能地掄起身邊的紅木椅凳向那人偶頭上砸去。椅子應聲碎裂，人偶的身子一歪，在空中晃了晃，握著我脖頸的手微微一鬆。

我乘隙朝門口衝去，可是身體還沒越過門檻，雙腿又被人偶給緊緊扼住，我死命抓著門檻，用盡全身力氣往外爬，漸漸模糊的雙眼中，只見有個人影從牆頭上翩然躍下。那人戴著熟悉的面具，在淺淡天光中泛著星輝般光芒。竟是在戰場上救我的那位將軍！

我心頭莫名一熱，掙扎著揮舞右手，聲音沙啞地說：「救我……救我……」

恐懼的淚水奪眶而出，在一片迷離中，眼睛正對上他那雙湖水般幽深寧靜的眸子。

我再也支撐不住，手上一鬆，整個人便要被那人偶拖回黑暗中。就在這時，只見眼前白衣翩躚，仰頭一看，他已躍至我面前，一把抓住我的手腕，手上猛一添力欲將我拽出房間。

可背後那古怪人偶哪裡肯放我，銅臂扼得更緊了，我心中生急，死命地朝它頭上狠踹過去。面具將軍見到竟是個黑色銅人偶在箝制著我，秋水般的眸子掠過一絲震驚，立即抽出腰側佩劍，動作奇快地朝那人偶脖上刺去。

腿上的怪力驟然消失，面具將軍將我抱在懷裡，飛身躍到院子正中。我緊緊抱著他的手臂，眼看人偶口中發出淒厲叫聲，銅鈴樣的眼睛直直瞪著我，竟似充滿血絲般猩紅駭人。

我哪見過這等情景，心中大駭，尖叫著環住面具將軍的脖頸，把頭深深埋在他泛著淡香的懷抱裡。不久，隱約感覺自己隨著他騰空而起，耳邊掠過呼呼風聲，然後是一陣金屬碰撞的聲音。

睜開眼睛，只見他長劍散發著冷霜一樣的銀光，所指之處，那黑色人偶已是身首異處，被砍成了兩截。但它臉上詭異的笑容卻還沒消失，目光空茫地看著我。

我心中懼怕，急忙又縮回面具將軍懷裡。

一陣溫暖的氣息迎面撲來，他懷抱裡逸出淺淡的香草芬芳。我心跳驟然加速，隨即反應過來這樣似嫌不妥，一抬頭，只見面具將軍正垂頭看著我，澄如明鏡的雙眸泛著春水一樣的波光。我急忙鬆開他，緊張得後退兩步，鞋跟卻險些碰到那恐怖人偶的頭，復又尖叫著跳回他身邊。乍見他澄淨的眸子中掠過一絲淡淡笑意，彷彿清風拂過湖面，激起圈圈漣漪。

「它……它是什麼東西？」我驀然意識到自己老是在他面前出糗，臉上不禁微微一熱。

面具將軍不作答，收起長劍，俯身拾起人偶的半截身子，斷開的頸窩處塞著黃色紙卷。我好奇之餘，忘了害怕，伸手拿出那細小的紙卷緩緩打開，只見黃色宣紙上用毛筆畫著古怪的圖案，又像是某種獨特的文字。

「這是什麼？」我眨了眨眼，疑惑地望向他。

「是傀儡符。」面具將軍沉吟片刻，淡然回答。

「什麼……傀儡符？」我一怔，無意識地重複他的話。

不會吧，世上竟眞有這種東西嗎？但如今我親眼所見，也由不得我不信了。我忿忿地抱怨道：「到底是什麼人，居然畫這種東西害人！」

就在這時，隱約聽見附近傳來由遠及近的腳步聲，聲音嘈雜，似是來了許多人。

「你快走，你是齊國的將軍，要是讓他們看見你就糟了！」我顧不得多想，將那道符收入袖袋，一邊拉著他往牆邊跑去。

面具將軍聞言，雙眸微微一怔，隨即很配合地隨我走到牆腳下。

此時已露曙光，東方天邊散發著通透的淺淺明藍。大片輕薄流雲飄過頭頂，他烏黑的長髮飛揚在風裡，銀色面具泛著錚亮的光，依舊冷漠肅殺，可此時看來卻已不再猙獰。那雙幽深寧靜的眸子淡淡地望著我，是一雙極美的鳳眼。

我不知道他爲何總戴著這樣一張面具，難道他生來醜陋，或者臉上受了傷？他的眞面目會比這面具還要猙獰嗎？

我看著他的側影，只覺他這樣迎風站著，白衣翩躚，眞眞好似落下凡塵的九天謫仙。

這樣一個氣質出塵的男子，會有張不可見人的醜陋容顏嗎？不管怎樣都好，他救過我兩次，就算他的眞面目再醜再恐怖也好，我都不會嫌棄他。

「謝謝你。」我仰頭凝看他，一臉眞摯地說。

面具將軍不吭聲地轉過身，剛要縱身躍起，我又叫住他。不知緣何竟頗有些羞怯，我輕聲啓齒：「以後……還會再見面嗎？」

他的身形頓了頓，沒有回答，白影一閃，已經縱身躍出牆外。

我在牆下呆立片刻，回過頭隨即揩去眼角因恐懼而落下的淚痕，換上一副淡漠平靜的表情。

這座宰相府上下人人心口不一，危機重重，可誰要想害我端木憐，倒也沒那麼容易。我心中暗想，這箱珠寶是顏婉帶來給宰相大人的賀禮，最有可能的幕後黑手就是她！

可是元清鎖無論在宰相府或司空府都人微言輕，顏婉有什麼必要下手加害？按理說，若不是我好奇跑來瞧熱鬧，頭一個碰到這恐怖人偶的合該是宰相大人宇文護了。鳳凰紫衣的事情如果是她特意安排的，那麼她矛頭眞正指向的人，難道是我的掛名老公宇文邕？

嗯……這個面目和善的女子，究竟是敵是友，那個人偶本來要殺的人，是我，還是宇文護呢？

背後傳來紛雜腳步聲，我回過頭，原來是顏婉帶著宇文邕和一隊侍衛匆匆趕來。

見我安然無恙站在這兒，顏婉倏地一愣，旋即跑過來挽著我的手臂，帶哭腔說：「清鎖姐姐，你沒事真是太好了，不然婉兒可要自責死啦。」說著，她眼淚簌簌落下。

我盯著她看了片刻，笑著說：「我沒事，不過就是個人偶嘛。」說著輕輕掙開她，走過去撿起人偶的頭，在手裡掂量著，輕聲說：「我元清鎖八字不祥，連邪靈都不願近身，所以得以脫險。可這玩意兒混在進獻給宰相大人的壽禮裡頭，萬一要是沖撞了他老人家的貴體……」我把人偶的頭當球一樣扔到半空，復又穩穩地接在手裡，然後回頭看著她的眼睛，聲音提高了八度，一字一頓地說：「那可是死罪吧？」

顏婉聞言愣住，一臉受驚之狀，聲淚俱下地說：「我……我真的不知道箱子裡藏有這害人東西啊！肯定是居心不良的人偷偷放進去的……再說婉兒真要是存心害宰相大人，也不會拉姐姐過來看了。」

我飛快瞅看宇文邕一眼，聽了這番話，方才發生了什麼事，想必他已然心中有數。

「可是驚嚇到姐姐，婉兒難辭其咎，願隨姐姐到宰相大人跟前受罰！」

看顏婉哭得梨花帶雨，表情也不像作假，我走過去拍拍她的肩膀說：「婉兒妹妹言重了，我怎麼會懷疑妹妹你呢？況且我人不是好好的站在這裡？宰相大人日理萬機，我看此事就沒必要驚動他老人家了。折騰了大半夜，妹妹還是先回去歇息吧。」

顏婉委屈地揩拭眼角，應了一聲，轉身朝西苑走去。

單憑這件事，我還無法斷定她到底有甚目的。鬧到宰相宇文護那兒也未見得會有好處，所以暫且再觀察她一段時間好了。

眼見顏婉走遠，我檢看手中的人偶頭顱，只見它血紅色的眼睛和鋸齒一樣的嘴巴湊成一副詭異可怖的笑容。我心中毛到了極點，下意識地把它扔到遠處，後退兩步，背抵著牆壁，倒抽一口冷氣。

「哼，原來是在逞強哩。」

略帶諷刺的嗓音自我背後響起，我這才發現宇文邕還沒有走，他負手立於霧氣瀰漫的晨曦中，冷冷看著我。

「不逞強的話，怎能讓敵人心存顧慮，沒那麼快再下手來害我？」我微歎口氣，只覺身心俱疲。瞥了他一眼，我又接著說：「我知道我的死活對你而言根本無所謂，可這裡畢竟是宰相府，你裝模作樣也該保我周全。何況在外人眼裡，我可是你的人，對付我就是不給你面子，弄不好還會把你一塊拖下水。」

宇文邕聞言愣住，旋即劍眉一挑，審視地看著我，似是驚訝於我會吐說出這樣一番話。

「與其在這兒諷刺我，倒不如好好想想，下套的人是誰，他要對付的又是誰。」我淡淡說完，轉身向西苑走去。又驚又嚇地折騰了大半夜，我只覺自己頭重腳輕，真想撲到床上倒頭昏睡，最好再醒來就是在家裡的大水床上。

宇文邕沒應話，只是眼神略帶複雜地看著我。

我從他身邊走過，一陣輕風拂來，挾帶著晨露微涼，捲得宇文邕背後的粉白梨花紛紛揚揚地飄落。暗香浮動，飛花若雪，我不由仰起頭看著，腳下卻忽然被什麼東西絆了一下，身體驟地失去平衡，一頭向地上栽去。

就在這瞬間，有雙寬厚手掌及時扶住我的手臂，我抬頭只見宇文邕冷眼站在我身側，眼中全是不屑。像是突然意識到什麼，他忽地鬆手，我一個趔趄，後背撞到樹幹，疼得幾乎要落下淚來。

「你……」我怒極，狠狠瞪視他一眼，還未來得及說話，宇文邕已又走近我身邊，左手撐著我背後的樹幹。

英俊如雕塑的臉龐逐漸逼近，線條完美的薄唇近在眼前，下一秒揚起好看的弧度，幽幽地說：「怎麼，想用這種方式吸引我的注意嗎？」

他和我離得好近，幾可清晰感覺到他鼻間呼出的熱氣輕拂在我臉頰。我臉上一紅，心中已是怒不可遏，頓了頓，露出個大大的笑容，挑了挑眉說：「是又怎麼樣？」

宇文邕似沒想到我會這樣回答，微微一怔。

我乘隙狠狠推開他，冷言譏說：「每次見到你都沒好事，我躲都躲不及呢！哼，吸引你的注意？你倒還眞高看了我！」說完白了他一眼，轉身拂袖而去。

宇文邕忽又自後握住我的手腕，將我拽了回來。

我不由心生不耐，他到底有完沒完啊！回頭剛想給他點教訓，他卻一把將我擁入懷裡，一股溫熱的男子氣息迎面撲來。

他有力的手臂環住我纖細的腰肢，一手掠了掠我細碎的瀏海，輕輕吻了我的額頭，爾後展顯出一臉魅惑的笑容，「好了，別鬧了，還跟我嘔什麼氣呢。」

他嘴唇的溫度滲透到我肌膚裡，我不禁渾身發麻，看著他色迷迷的眼神，心中大駭，暗想這人該不會是精神分裂吧？在他懷裡試著掙扎一下，卻半點也動彈不得。

粉白的花瓣紛飛而下，我微微側頭，穿過影影綽綽的樹枝，眼角隱約瞥見幾道人影立在梨花樹後的不遠處。原來如此呀，我終於明白了！

我會意地抬頭看了宇文邕一眼，輕輕回抱住他，作勢把頭靠在他懷裡，實際上是用他的衣襟擦擦被他吻過的額頭，悄聲道：「清鎖不敢。」

「四弟。」清亮的聲音從我們身側傳來，簡簡單單兩個字，卻彷彿蘊含著許多複雜交織的情感。來者身穿一襲明黃長袍，斯文五官略顯疲憊。

宇文邕露出剛剛才發現他們的樣子，鬆開了我，躬身行禮，「臣弟參見皇上，參見宰相大人。」

我急忙跟著俯身行禮，偷眼看過去，只見站在皇上身邊的宰相大人宇文護，其背後的隨從比這皇上還要多。

2

梨花樹下只有我跟宇文邕兩個人，這麼多雙眼睛盯著，想不出聲也難。四周靜住有頃，我忙垂首說道：「清鎖參見皇上，參見宰相大人。」

「起吧。」略顯文弱的聲音響起。

我仰頭看，只見那明黃色龍袍近在眼前，他不似宇文邕劍眉星目，反倒周身散發一種儒雅氣質，眉宇間凝著一股無奈而壓抑的哀愁，化成一抹虛張聲勢的倔強來。

他居高臨下地端詳我片刻，冷然笑道：「宰相大人這外姪女果然眉清目秀、嬌俏動人，難怪要用她來拴住皇弟你了。」

我臉上微微一紅，一時間分不清是諷刺還是誇獎。這元清鎖有著與我在現代一模一樣的容顏，肌膚白皙，眸子如墨，固然稱不上絕色，不過如果把審美標準放低點，合該也算是個小美人了。

皇上的聲音不大，宇文護一行人也未跟過來，這話只有我跟宇文邕兩個人聽得到。皇帝隻手扶起宇文邕，目光相接的瞬間，二人眼中都湧動著複雜難言的情緒。看來這兩兄弟的感情甚篤，我在心中暗想，一邊歎息道，可惜他不似宇文邕那樣善於隱藏自己的真實想法，所以才會被宇文護毒死。

我所熟悉的歷史，對他們來說，卻是正延展著的難測未來。這種感覺十分微妙，所以在我看向皇上的時候，眼中不自禁就帶著一絲憐憫。他驀然抬眼，正對上我同情的眼眸，倏地一愣。眼前這兩名玉樹臨風的男子，我知道他們命運的大方向，卻對其間細節一無所知，故在洞悉一切的同時，眼中也有我自己的迷茫。

宇文邕目光瞥向我，既有對我剛剛舉動的驚詫，也隱有一絲防備和逼視，似是怕我會把皇上方才那番話告訴宰相宇文護。我回了他一記白眼，真是受不了他對我的猜忌。我不就是他死對頭的老婆的遠房姪女嗎？怕被算計、怕被監視，當初就別要啊，拿我撒什麼氣！

看到我不悅又挑釁的表情，宇文邕微微一怔。

我轉身朝皇上福了福身子，小聲說：「皇上所言極是，只是嫁與令弟，實非清鎖所願。

若是棋子有甚不對，或許皇上您該去怪那下棋之人。」

這句話吐出，在場兩個男子俱是一僵，頗顯震驚地看著我。

涼風驟起，雪白梨花紛紛揚揚，落在我髮上衣上。我伸手輕輕一掠，提高了音調說道：「清鎖一夜未闔眼，先行告退，還請皇上和宰相大人恕罪。」

「去吧。」皇上尚未答話，宇文護開口道。

「是。」我順從地朝宇文護行個禮，乖巧地笑著。

一轉身，臉上已是半點笑意也無，我只覺得好累、好累。拜託老狐狸們以後自己鬥去好不好，別把我算進去。

原來熬夜之後，是很難恢復體力的。我回房間倒頭便睡，醒來之後只覺渾身痠痛，望了望天色已是下午，伸了個懶腰，腦中盤算著下一步該怎麼走。

漫無目的地走出房門，正在園子裡的花蔭下站著，隔著茂密花木林，正好聽見兩個侍衛在那兒竊竊私語。

「唉，押解齊國戰俘那位仁兄也夠慘的了，這才跑掉幾個，他就被削了職關入大牢。」

「他已算走運啦，皇上仁厚，若是落到宰相大人手裡，可是要掉腦袋的。聽說那些戰俘不肯屈服又極爲團結，跑掉一個都會成心腹大患。」

「是啊，所以宰相大人下令，把那百來個戰俘全關進水牢了。水牢可是倚仗天險鑄成的牢籠，聽說那裡的柵欄和枷鎖都用精銅所製，即使是削鐵如泥的寶劍也無法把它劈開。唯一的一把鑰匙還保管在宰相府裡，我看那批戰俘是一輩子都別想逃出去啦。」

「唉，那也是他們活該，誰讓齊國總是跟咱們大周作對。對了，聽說齊國派了大將斛律光來談和呢，過幾天就要到了。」

「斛律光？是輔佐蘭陵王高長恭打敗我軍的那個斛律光嗎？哎呀，到時辰了，光顧著說話，該去門口換崗了！」

……

眼看兩侍衛漸漸走遠，我仔細回味著他們的對話，輕嚼著那個名字。

蘭陵王，高——長——恭？好像在哪裡聽過，卻一時找不到頭緒。斛律光，這名字好像也聽過的，只是我現在腦子亂糟糟的，想不起半點細節。

正兀自站著，只見我房間裡的侍女急匆匆跑來，朝我行個禮道：「小姐，奴婢到處找不到您，恐怕夫人都等急了。夫人方才派人來找小姐去丹靜軒，小姐還是趕緊去一趟吧。」這侍女年紀很小，動作慌慌張張的，滿臉惶恐。看來宰相夫人元氏在這府裡非常的有地位囉。

「嗯，我們走吧。」我朝她溫和地笑笑。

深吸一口氣，轉身隨侍女往丹靜軒走去，我心中暗自思忖著，元清鎖是元氏的遠房姪女，按理說有她護著，元清鎖在司空府應該不至於被欺負得那麼慘。我看多半是因爲元清鎖性情懦弱，對宇文邕又十分迷戀，不肯替宰相大人監視他，無甚利用價值，元氏漸漸也不再把她放在眼裡。

現在的北周，最有權勢的人就是宰相宇文護，如果能把他的夫人元氏拉向我這邊，那我以後的日子就會好過許多了，看宇文邕和那個什麼媚主子還敢不敢欺負我！

可是要想得到我這姑媽的器重，首先得讓自己有利用價值，而我的利用價值……應該就在宇文邕身上吧。

3

我腦中好多東西混亂地旋轉著，尚未理出頭緒，丹靜軒已呈現眼前。好一座富麗堂皇的別院，朱漆的門柱，紅木雕花的窗子，簷下的銅風鈴丁零丁零響著。

「吱呀」一聲推開房門，濃郁的薰香撲面而來。一身紫衣紗袍的女人端坐正座，背後牆上高懸橫幅，端正書著「紫氣東來」四字。這紫衣女子年歲約莫四旬出頭，頭上鳳翅金步搖熠熠生輝，略帶皺紋的眼角依稀可見年輕時嫵媚豔麗的樣貌。

「清鎖拜見姑母。」我俯身行禮，緩緩抬起頭來，暗自打量一番，心道：「沒想到我姑母竟是這樣出挑的人物，大氣尊貴，不怒而威。難怪她能夠在官宦世家穩坐正妻之位，即使不復當年美貌，也幾十年來屹立不倒，將這宰相府上下打理得井井有條。」

「起來吧。」元氏慢條斯理地取過茶杯抿了一口，食指上的祖母綠扳指清透澄亮。她隨手一指旁邊的座位，說：「坐。」

我依言坐下，垂首看著自己的金絲水袖，也不說話，只等她先開口。

「怎麼忽然跑到宰相府看我來了？眞是來看我，還是在司空府待不下去了？沒的亂了規矩。」元氏挑眉看我，也不兜圈子，音調一如平常，語氣中並無過多苛責，只透出些若有似無的漠然。

「姑母，清鎖有話跟您說。」我輕聲地說，依舊垂首，也不直接答言。

見我神情有異，元氏微頓一下。我抬頭睇看她身側的侍女，復又神色複雜地看向元氏。元氏端詳我片刻，我不躲閃地回望著她。半晌，她終於朝背後微微頷首，遣退了眾侍婢，「你們先下去吧。」

以前的元清鎖因爲迷戀宇文邕而不肯給宰相府通報消息，結果兩邊不討好。所以這次見了元氏，我該先好好表表「忠心」才是。

「清鎖不才，愧對姑母養育之恩，可是昨晚，我在姑父面前所說的話句句屬眞。在這世上，清鎖只有姑母一個親人，多年來全憑姑母提攜照顧才有今天……嫁到司空府這些日子，清鎖一直在心裡記掛著您。」我不疾不徐地說，抬眼只見元氏聽了我這番話，威嚴緊繃的神情微微鬆下來。

「其實清鎖此次前來，並非爲了自身，而是怕枉費姑母多年栽培，特來報恩的。」我頓了頓，接著說：「清鎖駑鈍，從前自私固執，置姑母恩情於不顧，實是清鎖的錯。只是姑母也是女人，應懂得懵懂年紀的懷春少女，心中就只盼著夫君有情、能相守過一輩子，其他的，全都拋到九霄雲外了……清鎖也是一時糊塗。」

「哦，開竅了？」元氏沉默少頃，側頭彎目看著我，微微揚唇，半帶揶揄，彷彿不經意地說。

「只道是『歡行白日心，朝東暮還西』，尋常男子皆是負心薄倖，有幾人可如姑父一般，與姑母濃情厚意，幾十年如一日。」我作勢長歎一聲，順便恭維她一句，心中卻暗想，如果世上皆是宇文邕這種朝三暮四、不懂眞情的男子，我寧可不愛。

「歡行白日心，朝東暮還西」，世間男子心皆易變，被辜負的總是女子。聽到這裡，元氏也不由得露出一抹動容神色。

「可是我身為元家的女兒，又怎可只顧著兒女私情，給老祖宗丟臉？」我話鋒一轉，略略揚聲道：「元姓是北魏宗室，乃皇族大姓，古為拓跋氏，經漢化後改為元。幾百年來風光無限，怎可到我這兒失了尊貴？清鎖願從此聽從姑母差遣，助宰相大人一臂之力，以保我元氏一族宗室地位。」我這一番話說得意氣風發，雙目盈盈望向元氏，一副心有大志的樣子，心中卻暗自好笑，這話說得也太可圈可點了。力保元氏宗室地位，就是助她老公宇文護執掌大權嗎？——我同姓元，倘若我那掛名老公宇文邕當了皇帝，不也一樣算是光復元氏？

「清鎖，聽得你這番肺腑之言，姑母誠然對你另眼相看。可是司空府中的情況我也略知一二，宇文邕對你，不過看在你姑父的分上虛意承歡，怕是並非表面上這麼好……」元氏面露和藹之色，走近拍了拍我的手背。

我心中卻是一凜，看來除了我，她在司空府裡頭另有眼線。而且她這番話的言外之意，分明是在說，你在司空府並不得寵，宇文邕看都不看你一眼，你又能幫上我什麼？

「其實逢迎爭寵，清鎖並非不會，只是像他那樣的男子，縱使今日屬意於我，難保明日不會拋在腦後？我是宰相府的人，其實從他對我的態度，就可看出他對姑父是否忠心。只要我一日留在他身邊，姑父就能盡數掌握他的行蹤。」

我自覺話音脆透柔軟，竟似珍珠落玉盤般清越。依稀記得往日在現代的家裡讀詩詠詞，儘管處處偷懶，但偶爾也覺餘味無窮。而現在，我卻要用動聽聲音說出這些居心叵測、口不對心的話。

「好孩子，這次前來你已然脫胎換骨，竟有了細密如許的心思，果沒讓姑母白疼你一場。」元氏露出滿意的笑容，摘下食指上的祖母綠扳指放到我手心裡，「不愧是我元家女兒，不似尋常婦孺目光短淺，把自己一生都交到男人手上。女人，終是要懂得爲自己打算。」

元氏這番話說得倒眞前衛，頗合我心意，我不由得高看她一眼。

我面上露出受寵若驚的神色，輕輕推辭道：「姑母的恩賜清鎖心領了，無功不受祿，這扳指太過貴重，清鎖受不起。」

「給你了就拿著。」元氏按著我的手，把那枚扳指攥在我手心裡。她微微笑著，黛眉一挑，輕聲道：「無功不受祿，可我知道你會有功的。」

「謝姑母。」我俯身行禮，心中暗吁口氣。

目前看來，元氏這關我算是過了，有了她的提攜，無論在宰相府還是司空府，我都會更有地位。只有這樣，才有資格去跟宇文邕談條件。

告別元氏，從丹靜軒走出來，天色已是黃昏。庭院中滿地盛放的牡丹映著似火的晚霞，妖豔非常。因爲早先元氏遣退了下人，此時院中空無一人，我沿著蜿蜒小徑走過一扇月牙門，眼前驟然開闊，只見一波碧綠池塘映著滿園春色，在落日照耀下泛出粼粼波光。

如此良辰美景，我不由得放鬆下來，長舒一口氣，張開手臂，伸個大大的懶腰，卻忘了手心裡還攥著一枚扳指，抛出半空才恍然發覺掉了東西。一回頭，只見那圈翠綠已滴溜溜地滾出數丈遠。

我走過去，俯身剛要拾起扳指，乍見一雙白皙修長的手將它輕輕拈在指尖。凜然男聲自我頭頂上空傳來，淡淡的卻滿是諷刺，「這可是你卑躬屈膝換來的東西，也捨得這樣亂丟？」

我一怔，沿著青白色錦緞袍角逐寸望上去，正對上一張清秀得略顯文弱的臉。竟是當今皇上宇文毓，他一襲常服站在我面前，淡棕色眼瞳中夾雜著一絲失落與不屑。

「的確是來之不易呢。」他眼中隱含的憤怒我只當未見，大咧咧地笑了笑聊作自嘲，一邊朝他攤開手掌，「那就請皇上物歸原主吧。」

宇文毓瞧我是這等反應，倏忽一愣。我甫才反應過來這是在古代，見到皇上應該二話不說就來個三跪九叩。可是，我這時候實在沒有請安的心情。

「昨日初見，還以爲元姑娘言語精妙，必是個淡泊超然的人。適才路過，無意間聽到清越的女聲，言語依舊條理清晰、動人肺腑，可惜字字句句卻教人失望透頂。」皇上的手在半空頓了頓，把扳指放在我掌心，輕聲歎道，眼中流露出眞摯的惋惜。

我心中突感溫暖，他如今的失望，是因他曾經眞的欣賞過我。我下意識地抬眼回望宇文毓，只見他年輕秀氣的臉上浮現一絲憤怒無奈，彷彿痛恨這混濁亂世卻又不得不深陷其中，有種眾人皆醉而我獨醒的孤傲與落寞。想必這個皇帝也並非那麼無能，他只是太直接、太不懂得掩飾，才因爲鋒芒畢露又無法掌控而遭宰相宇文護毒死。

想到這裡，我不由得略生惻隱，收起漫不經心之態，輕聲道：「皇上可有想過，您最想得到的東西是什麼？」

話題轉換得太快，宇文毓怔住，一時間竟答不出來。

「爲了得到自己最想要的，總要付出某樣東西才行。有時候爲了那個目的去做一些自己不情願做的事情，亦是在所難免。」我歎息一聲，幽幽地說。

我心中何嘗不也惱恨這般處境，爲了保全自己而曲意逢迎，說我不想說的話，做我不想做的事。眞恨不得咻地一下回到現代去，給我一個重來的機會，我一定會好好珍惜以往厭倦的校園生活。

見我說得懇切，宇文毓微露震驚，淡棕色眸子怔忡地看著我。

「清鎖愚見，只是覺得，有時候遇強即屈、隨波逐流也非壞事。達到目的之前，首要保全自己不是嗎？」這番話我也不知道是說給他還是說給自己聽，忽覺失了言，把祖母綠扳指攥在掌心，恭敬而疏遠地行個禮，「天色不早了，清鎖先行告退。」

宇文毓一臉若有所思，眼中波光閃爍，似是在思忖我方才所說的話。

我走出很遠之後，忍不住回頭望他一眼，只見他仍一動不動站在那裡，茫然地望著我離去方向。滿樹梨花紛紛落下，如雪花般落在他青白色錦袍上。

想到這位儒雅的皇帝終會遭一杯毒酒鴆死，我心中不由得有些難過。

我轉過頭，眼中憐憫還未及褪去，臉一偏，透過層層蒼翠的花木林，驀地瞧見一道頎長的身影，一襲孔雀藍衣裳，腰間繫戴著同色玉珮和白玉扣帶。

那人負手站在不遠處的梨花樹後，遠遠地望著我，一雙黑眸幽深莫測。仔細看去，竟是宇文邕。

目光相接的瞬間，他飛快地別轉過身，彷若沒看到我，逕自不疾不徐朝前方走去。

我微微一怔，悄悄尾隨他背後。我方才與宇文毓的那番對話，他到底聽到了多少？我在丹靜軒中與姑母元氏的對話，他又知道多少？若是都聽見了，他爲何不像平常那樣來質問我？

依稀記得，史書上把宇文邕形容成北周的一代明君，英睿神武。如今看來果眞沒錯，他雖然年紀尚輕，卻已是心思深沉而難以捉摸。

偌大的玉林苑裡一時間只有我們兩人，落日西沉，天色緩緩黯淡下來，四周一片沉靜，靜得可清楚聽見他踏碎樹葉的聲音。我輕輕地放慢腳步，心想還是離他遠些較好。

前方卻遠遠傳來一個銀鈴般的女聲：「婉兒見過司空大人。」

是她！我心中一驚，不自覺地閃身躲到旁邊的梨花樹後，背倚著樹幹，紛揚而下的梨花簾捲西風般地在我眼前飄落。

偷眼看去，只見宇文邕身形頓了頓，隱約朝我藏身的方向偏了一下頭。他負手俯視著顏婉，聲音極是倜儻風流，「林間偶遇佳人，實是本人之幸。」

我回過頭，心中暗罵一聲，這隻色狼！

「不知司空大人可還記得婉兒……小時候，我們曾在宰相府見過面的。」顏婉聲音含著嬌羞。

我微微一怔，莫非她喜歡宇文邕？

「當然記得。顏姑娘是經略使家的四小姐，最會做蓮子羹了。」宇文邕笑道，聲音透著一抹誘人的磁性。

我不禁翻了個白眼，心中暗覺好笑，天底下居然有這種事，老公在一旁與別的女子調情，老婆卻躲在樹後不敢露面。

「沒想到司空大人還記得婉兒！」顏婉聲音滿含欣喜，嬌聲說道：「這是我親手熬製的蓮子羹，還請大人不吝品嘗，看看婉兒的手藝精進了沒有。」

「多謝小姐美意。」宇文邕接過她手中的白瓷甕，溫和有禮地回應，「時候不早了，不如在下先送小姐回房歇息，晚上還有家宴呢。」

「那就煩勞司空大人了。」顏婉似有不捨，現出無限嬌羞之態。

哼，他倒挺溫柔體貼呢！我瞥了一眼兩人並肩離去的背影，黃昏流霞一片嫣紅，遠遠看去真似一對璧人。我搖搖頭，心中歎道，若是哪個女子真的愛上宇文邕，眼見他拈花惹草、朝三暮四，心中該是多麼酸楚難過！

第三章　落花時節又逢君

我坐在左側下首位置，對面坐著我的掛牌夫君宇文邕。顏婉坐在我旁邊，笑吟吟看著眾人，眼神不時地瞥向宇文邕。我佯作不知，心中卻暗想，經過上次的人偶事件，我總覺得這個顏婉好像有哪裡不對勁，細想下去，又覺得可能是我自己多心了。

1

皇上親臨宰相府，不管實際是誰掌握大權，做臣子的總要隆重設宴款待。宰相府大得驚人，遠處有片碧水汪洋的湖，在月光下閃著粼粼華光。一條木墩鋪成的小徑直直延伸入湖中央，湖心處建置了一座精巧小亭榭，取名「波心亭」。

這次皇上御駕在此，總不能失了端莊，是以此宴並無舞姬，只在湖前空地上設了桌臺，波心亭中有樂隊奏著絲竹管弦，清恬音樂飄渺流洩，更突顯這場宴會索然無味。

「皇上，你我本是叔姪，故請皇上只當是尋常家宴，定要盡興才是，大家也都不必拘禮。」宇文護朗聲笑道，舉起銅爵一飲而盡。

底下眾人紛紛附和，皆樂呵呵地乾了自己的酒。

淺淺月光照映下，皇上面色略顯蒼白，唇角仍是揚起一絲笑意，朝宇文護舉了舉杯。

彎月如鉤，天空呈一片澄淨通透的寶藍色，梨花香氣夾雜著園林中的青草香，混合著陣陣蟬鳴沁入鼻間，只覺一陣清涼。

我塡飽肚子，開始認眞打量這場夜宴。皇上一襲明黃便服坐在上首左側，宰相宇文護坐在與他平行的右側。元氏與宰相大人同坐一張小臺，她今日披金戴玉，穿著十分華麗，眞有幾分母儀天下之味，尤顯得皇帝勢單力孤，頗爲寂寥。

我坐在左側下首位置，對面坐著我的掛牌夫君宇文邕。顏婉坐在我旁邊，笑吟吟看著眾人，眼神不時地瞥向宇文邕。我佯作不知，心中卻暗想，經過上次的人偶事件，我總覺得這個顏婉好像有哪裡不對勁，細想下去，又覺得可能是我自己多心了。

剛想到這裡，卻聽底下傳來一個頗耳熟的男子聲音笑道：「在座的皆非外人，小臣有個提議，不知皇上和宰相大人意下如何？」

我抬眼看去，原來是那晚有過一面之緣的李大人。看樣子，他應該算是宰相大人的左右手，每次設宴都少不了他，非常清瘦的一個中年人，老和另外那個偏胖的張大人坐在一起。他嘴上雖也問了皇帝的意思，實際上卻只看向宇文護一人。

「好啊，但說無妨。」宇文護隨口應道。

「早聞經略節度使顏大人之千金顏婉擅長舞蹈，今日趕巧她也在這兒，不如讓此女舞一曲來助興。」

李大人話音甫落，席間所有目光都落向顏婉，只見她含笑著俯首，臉頰緋紅，分外嬌豔動人。

見她如此表情，宇文護笑道：「也好，今日各位有眼福了。」

顏婉起身走到過道正中，朝皇上和宇文護躬身行禮，怯怯啟口：「恭敬不如從命，婉兒獻醜了。」

樂隊的絲竹聲立時換成高揚曲調，顏婉的水袖隨著樂曲聲高高揚起，她今晚身穿一件粉紅輕紗薄裙，領端和袖口處鑲著金色絲線，在通臂巨燭火光照映下熠熠生輝。

幾個身著綠裳的伴舞舞姬俯身圍繞她四周，恍若紅花襯綠葉一般。配合著南國香軟的小調，顏婉腰肢輕擺，眸光不時於宇文邕身上流連，長袖揮舞間，只見宇文邕含笑看著佳人，黑瞳深處卻是平靜無波。

一曲舞畢，果然豔驚四座。顏婉躬身行禮，鬢角猶掛香汗，遠遠看去，著實亭亭玉立又明豔動人。四下眾人紛紛開口誇讚，我的確覺得舞得好看，遂也跟著拍掌。

顏婉含羞笑了笑，卻未馬上落坐，她抬頭看向宰相大人，又看看我，說：「婉兒舞藝不精，只求能給諸位聊以解悶。聽說清鎖姐姐才藝雙絕，歌聲更是動人，不知今日可否有幸聽得一曲？」

一時之間，席間所有目光都落到了我的身上。我一愣，不明白她怎麼就把球拋到我這兒來了？我才藝雙絕是麼，怎地我自己從不曾聽說過？記得侍女碧香說元清鎖擅長刺繡，對其他玩意都不甚精通，好像還是五音不全的，自小就學不會彈琴。

我怔怔地望向顏婉，也不知是否因爲我內心深處對她存有猜忌的緣故，只覺她見我沉默不語，那含羞帶笑的目光裡隱隱透著一絲挑釁和幸災樂禍，驟然勾起了我身爲同齡女子的好勝心。

回頭望向宇文護和元氏，只見元氏正神態閒適地看著我，毫無要爲我解圍之意。想來她是要藉此來試探我的本事哩，我若連這些都應付不過去，又有什麼本事爲她所用呢？

當下不由得打定主意，我不作推辭，起身回話道：「清鎖不才，就唱首曲子來應和，有污諸位尊耳了。」旋即朝擺於湖亭中的古琴走去。

一路上步伐不緊不慢，腦中搜索著應景的現代曲目，偏又覺有些不妥，畢竟我好久沒彈古琴了，以前爺爺請來老師教我，我每次都是蒙混過關，況且那麼現代的曲調，吹彈絲竹管弦的樂師們怕是一時也配合不來。轉念又把北朝之前我知道的樂府詩想了個遍，現在是北朝，樂府詩還是用來唱的，可是卻也沒有特別應景的……

腦中忽然靈光一閃，前人作品沒有合適的，我大可唱後人的啊。追溯宋詞的源頭，乃起自於唐代的曲子詞，句子有長有短，和樂曲緊密結合在一起，本是用來歌唱的。我在現代的時候背過那麼多詩詞，不用豈不是浪費？

打定主意後，我信步穿過長長水榭，走入波心亭中坐好，示意樂師們配合，輕撫琴弦，撥出一串簡單曲調。眼角瞥見垂低的柳條拂過水面，掀盪起陣陣漣漪，我揚聲唱道：

飛絮飛花何處是？層冰積雪摧殘，疏疏一樹五更寒。

愛他明月好，憔悴也相關。最是繁絲搖落後，轉教人憶春山。

湔裙夢斷續應難。西風多少恨，吹不散眉彎。

這闋詞出自我最喜歡的才子納蘭容若，通篇句句寫柳兼又寫人，既詠經受冰雪摧殘的寒柳，也詠一名遭到不幸的女子。

元清鎖嗓音清越宛轉，再加上這闋詞本身婉約含蓄、意境幽遠，眾人都聽得出了神。餘音緩緩落下，霎時間四下竟寂靜無聲，彷彿在顏婉豔麗舞蹈的旖旎過後注入一股濯濯清泉，相形之下別有番滋味。

月色正好，亭中反射著幽亮水光，晃晃如水銀。我心中不禁湧起顧影自憐的情懷，頓感無限悲涼。

「說你這姪女才藝雙絕，果然沒錯。」宇文護以他頗具威嚴的聲音，含笑向元氏讚道。

眾人這才回過神來，紛紛拍掌叫好。

我慌忙站起身，抬眼望向前方，眸子裡的寂寥未及褪去，不經意間卻正對上宇文邕漆亮的黑瞳。四目相交的剎那，只覺他深不見底的瞳仁中有道幽光閃過，彷彿穿透我眼底層層霧氣，直照到我軟弱的內心世界。

我怔住一瞬，忙錯開目光，頃刻便神色如常地款步走出波心亭，俯身回話道：「姑父過獎，清鎖不過唱了首詠柳之曲應應景罷了。」

「好一句『愛他明月好，憔悴也相關』！」皇上輕聲讚道，似是發自肺腑。他目光在我臉上停駐片刻，復轉身舉杯，「四弟，恭喜你得了這樣個才貌雙全的佳人。」

宇文邕微怔一下，目光倏地瞥向我，隨即朝皇上舉杯回敬。

我回到座位上坐好，顏婉也笑吟吟地舉杯賀道：「姐姐的歌聲果然名不虛傳，婉兒敬姐姐一杯。」

我只得舉杯相敬，一抬頭見宇文邕竟與我同時舉杯，好似對飲一般。他再度拿審視目光瞅看我，眸子中繚繞著複雜的光焰。我白了他一眼，飛快別過臉去，本來就不勝酒力，一杯黃湯下肚，我立覺臉頰發燙。

我視線迷亂地落在半空，恍惚間瞥見一抹黑影從宇文邕背後掠過，極快地消失在漆黑一片的後花園裡。

2

宴會的氣氛慢慢熱絡起來，眾人皆忙著飲酒敘話。我這個連啤酒都喝不得的現代人，更別說挑戰古代這種醇釀的茅臺酒啦。頭昏得厲害，我一個人悄悄離開宴席往房間走去，剛踏過月牙門，乍見眼前閃過黑影。我眨了眨眼睛，以爲是自己眼花，腳下卻忽然踩到了東西。古代繡花鞋底子極薄，我依稀覺得那東西是個扁平的條狀物體，俯身一看，原來是把銅黃色鑰匙，遺落在繁茂的花木叢間。

嗯，說不定是保險櫃的鑰匙呢，看起來挺值錢的。我隨手把鑰匙收進袖袋，剛走出兩步，突聽得西苑傳來陣陣嘈雜聲，齋堂的方向有片火光沖天而起，我驚得愣住，還沒回過神，就聽見侍衛們高喊著「有刺客」，聲音逐漸逼近。

我只覺脖子上忽地一涼，肩膀已經被人大力扼住。

「別過來！」

耳邊響起個模糊不清的聲音。我側頭看去，原來方才那道黑影並非幻覺。

黑衣人看起來十分緊張，抓著我肩膀的手微微發顫。

侍衛們很快將他團團圍住，吵嚷聲驚動了夜宴上的眾人。宇文邕和皇上聞聲趕來，見到我被黑衣人架在刀下，俱是驚愣不已。

「別，別過來！不然我就殺了她！」挾持我的黑衣人聲音顫得厲害，我忽然覺得這聲音有些耳熟。他的手一抖，明晃晃的白刃劃過我的肌膚，脖頸上涼意懾人。

「別傷害她！」皇上臉上掠過焦切之色，趨前一步衝口喊道。話一出口，他自己也頓覺不妥，下意識地望了宇文邕一眼。

「放了她，我保你活著離去。」宇文邕沉聲說，目光像探照燈一樣掃掠過我的臉龐。

黑衣人對上他的冷靜目光，微微一抖，明顯在害怕，卻仍壯著膽子說：「只要……只要你們把水牢的鑰匙交出來，我就放了她！」

他說了這麼多話，我才足以確認這個稚嫩的聲音……我猛地回頭，只見他左邊眉毛缺了一塊，是那天做飯時不小心被爐火燒掉的，稚氣未脫的眼裡滿是緊張和恐懼—正是曾在北齊軍營裡照顧我的小兵阿才。

月光明晃晃投照下來，阿才看清是我，猛地一愣。緊張加上驚訝，他手上的刀竟「哐嘡」一聲掉落地上，阿才急忙彎腰去撿，慌亂得忘了手中還有個我，腳下一滑，兩人同朝地上栽去。

拽著人質一塊在眾目睽睽之下跌跤，這個刺客當真是空前絕後！我被阿才手忙腳亂地壓在身下，腳踝硌到一塊大石頭，戳到了骨頭，鑽心的疼，不禁「啊」了一聲，疼得眼淚都要掉下來。

宰相府的侍衛們正欲一擁而上，阿才嚇得完全呆住，一動不動地癱坐在地。

就在這時，突然有一隊黑衣人從西苑方向飛身而至，爲首的一個揮劍格開砍向阿才的刀，劍氣所過之處，眾侍衛手中長刀劈里啪啦斷了一地。見此情景，在場所有人皆是一愣。

我仰頭望向揮劍的人，皎皎月光下，他的銀色面具泛著清冷晶瑩的光輝，一襲黑衣幾乎與茫茫夜色融爲一體，周身散發著淡淡殺氣。竟然是他！救過我兩次的面具將軍。

宰相府侍衛源源不斷湧過來，與這一隊黑衣人纏鬥在一起，四周盡是金屬碰撞的聲音。面具將軍的長劍削鐵如泥，一時間竟無人敢近他身。側頭瞥見地上的我，他湖水般的眸子泛過一抹複雜幽深的光暈。

「將軍……」阿才剛見到救星，忽地哀聲叫道，只見他的腰間中了一劍，傷口處汩汩流著血。

腳踝疼得厲害，我的意識漸漸模糊，隱約看見面具將軍長袖一揮，「砰」的一聲，四周激起一團濃煙。只覺自己陷入一個溫暖而熟悉的懷抱中，隨著他騰空而起，我心頭一鬆，眼前漆黑一片，旋即失去了知覺。

3

「將軍，眼下已打草驚蛇，關在水牢裡的兄弟們可怎麼辦？」

「將軍，都怪阿才，到手的鑰匙又丟失了，現在可如何是好。」

「對了，我們可以拿這個女人去換啊！聽說她叫元清鎖，是宇文邕的侍妾，又是宇文護妻子的姪女，他們要是不給鑰匙，我們就殺了她！」

「不行，小憐姐姐是好人，我們不可以傷害她的！」

「阿才你少多嘴，什麼小憐姐姐，她叫元清鎖！」

耳邊傳來嘈雜的說話聲，吵得我頭都要裂了，只聽見一個熟悉而好聽的聲音緩緩說了句：「行了，你們都先下去吧。」

四周立時安靜下來，只剩下潺潺流水聲和清脆鳥鳴。

「啊！」一陣劇痛從腳踝處傳來，我忍不住呻吟一聲，睜開眼睛，觸電似地坐起身，發現自己正躺在溪邊的一塊大石上，面具將軍正爲我清洗傷口，修長美麗的手指滑過我白皙肌膚，我心中莫名發顫，雙腿下意識地往回縮，卻被他有力的手掌緊緊扣住。他抬首淡然瞥我一眼，復低頭將草藥敷在我的傷口上。

「為什麼，每次……你都會幫我？」他的銀色面具閃耀著清輝，烏黑長髮飛舞在涼風裡。我看著他如一泓泉水般澄淨平和的眼眸，怔怔地問。

嗜血廝殺的戰場上，是他將我抱在懷裡，用和暖的體溫驅散了我初次面對死亡的恐懼；被黑暗吞噬的房間裡，是他將我從那恐怖人偶手中救出，翩翩白衣帶來曙光一樣的光明。

「如果早知道你是宇文邕的侍妾，我未必會救你。」他語氣淡淡，放開了我的腳踝，站起來看我一眼後即轉身走開。

我一怔，沒想到他會對我說出這麼冷漠的話來，遽然睜大眼睛仰頭看他，心底掠過一陣疼痛。原來在這陌生的古代，沒有一個人是眞心待我好的啊！如今連僅存的一絲溫暖都被抽離，我心中一梗，喉嚨裡竟連一句逞強之語都說不出來了。

自己到底是在做什麼？費盡心思周旋於各色人物之間，捲入我根本不想捲入的爭鬥漩渦，在這陌生的世界裡頭始終沒一個人是眞心對我好的……我的心彷彿沉入無星無月的夜空，寂寞難抑。

鼻子一酸，溫熱之淚如潮水洶湧而出，心中苦澀難當。我咬住嘴唇，強忍著不哭出聲，卻掩蓋不住哽咽起伏的呼吸。

面具將軍走出幾步，似是察覺了我的異樣，復又頓住腳步。

我心中酸得難受，把頭埋在膝蓋裡，倔強地不讓自己發出一點哭泣聲。

「要哭就痛痛快快哭，無須遮遮掩掩的。」他的聲音忽然自我耳畔響起，依舊是淡淡的，卻比方才柔軟了許多。

我抬起頭，他已坐落我身邊，銀色面具近在咫尺。我萬分委屈，再也控制不住，揮起拳頭軟軟地捶打他胸口，喃喃哭道：「我哭關你什麼事！我也不想哭啊……爲什麼連你也要這麼對我，爲什麼？我到底做錯了什麼，爲什麼是我，爲什麼……我好想家，我好想爺爺……你別管我，你們都別管我！」語無倫次中帶著哭腔，心底的悲傷瀰漫整片天空，彷彿失去所有力氣，我靠在他懷裡，就像個受了委屈的孩子。我不顧一切地嚎啕大哭，溫熱的淚水連綿淌落，打濕了他的大片衣襟。

他遲疑片刻，伸手回抱住我，寬厚手掌握住我的肩膀，一陣溫暖沿著肌膚滲透到經絡裡。我靠在他肩膀上嚶嚶哭泣著，也不曉得自己哭了多久，從他懷中抬起頭來時，整個人輕鬆了許多，胸腔中堆積的委屈無助和孤單彷彿也隨著那些淚水流走了。

月光下，粉白的梨花似飛雪落下，紛紛揚揚拂在他髮上、肩上。流水及落花，與他泛著銀輝的面具，在月光中凝成一幅唯美溫煦的畫面。

我緩過神來，臉頰漫過一片紅暈，款款離開他的懷抱，抬眼看他時卻又忽然怔住。他的冰鏡瞳仁好似漆亮的黑玉，澄淨眼眸彷彿一汪寧和湖水。這是我第一次，在別人眼中如此清晰地看到自己。

他見我失神地看著他，別過頭錯開我的目光。我甫驚覺自己又失態了，也不曉得為什麼自己在他面前總會表現得像個傻瓜。臉紅的同時，我腦中迅速閃過個狡黠的念頭，玩心大起。輕揚唇角，我猛地伸手去摘他的面具，他微微一驚，飛快地閃身避過。我撲了個空，驟然失去平衡，直直向地上栽去，驚慌中本能地抱住身邊的人。

當我定下神來，才發現他正被我壓在身下，我雙手還緊緊環著他的脖子，竟是這樣個曖昧的姿態，我與他如此接近，近到可感覺到他絨毛般的呼吸和有力的心跳聲。我心裡揪了一下，掙扎著想要坐起身來，慌亂中手腕一痠，再撐不住身體的重量，身子往下一墜。嘴唇忽然觸到一片柔軟又溫熱的東西，彷彿有股電流沿著雙唇蔓延全身。隔著冰冷的面具，他幽深眼眸泛著瀲灩光芒，溫熱得幾乎要將我融化。

「你不打算起來了嗎？」不知過了多久，他眸中那汪澄淨湖水盪開一抹漣漪般的笑意，頗有些戲謔地說。

我緩過神來，這才發現自己還保持著方才吻他的姿勢，一直傻愣愣地看著他，像是著了魔。臉頰不由一熱，我急忙手腳並用地從他身上離開，坐到離他三丈遠的地方，心怦怦跳著，小鹿亂撞。不經意地側過頭，瞥見泠冽溪水中倒映的自己雙目盈水、面帶紅霞，竟是從未有過的明豔動人。

面具將軍定定地看著我，目光一瞬間的失神，似是驚豔，又似觸動了心中久遠的回憶，緊接著眼底透出一片失落的黯然。他姿態嫻雅地站起身，眼眸已變得如常寧靜無波，轉身走出兩步，卻又忽然想起了什麼，掉轉方向走過來，一把橫抱起我，目不斜視地朝營帳的方向走去。

「不管你的臉是什麼樣子……我、我都不會嫌棄你的。」我靠在他懷裡，鬼使神差般輕輕撫摸著他的銀色面具，這句話驀地脫口而出，聲音竟是那樣羞澀與清甜，柔軟得彷彿不是自己。臉上又是一熱，兩片紅霞襲向臉頰。

我以爲方才他眼中的失落是因覺得配不上我……我只想讓他知道，他不用害怕在我面前摘下面具，就算他的臉再醜再可怕，他在我眼中都是那個白衣勝雪、英姿颯爽的面具將軍。

話一出口，才發覺這話多麼不矜持。面具將軍微微一愣，頗爲詫異地睇看我一眼，驟才明白過來我在說什麼，雙眸中浮起一抹濃濃的笑意，像是聽到了何等好笑的笑話似的。

唔，他是在笑我自作多情嗎？我心裡這樣揣想，窘得想挖個地洞鑽，忍不住側頭埋進他懷裡，再不敢去看他的眼睛。一陣寡淡香氣襲來，沁入鼻間，我心底升起一股暖意，忽然發覺自己對他的懷抱竟是如此眷戀。

他把我抱入營帳，輕放在榻上，轉身正欲退出營帳。我腳踝的傷口隱隱作痛，望著他的背影，忽然很不想讓他走。

「你夜探宰相府，是爲了營救關押在水牢的齊國戰俘嗎？」我啓口輕問，答案顯而易見，太多此一舉的提問。

「我……我不想再回宰相府了。」我垂下頭，自言自語般呢喃。聲音極輕，好似唏噓，又好像是在請求什麼。

他的背影停頓片刻，終是什麼也沒說，翩然走出營帳。

4

休養半日，我精神已經好了許多。

「小憐姐姐，你的傷怎麼樣了？……哎，都怪我不好。」阿才摸了摸後腦勺，滿臉歉意地說。要不是他三腳貓功夫挾持我，我的腳也不會被石頭硌傷了。

「你啊，這麼粗心大意的，眞不適合當刺客。」我打趣道，吃了一口他送來的稀飯，又說：「不過看在這稀飯的分上，我就原諒你啦。」

「其實這也不能完全怪我啊，誰知道你竟會是宰相的姪女，而且是大司空的侍妾……」

阿才頗不服氣地說：「那時候將軍救你回來，我還以爲你是附近城中的民女，誰想到……」

「唉！」我長歎一聲，一提我的身世我就覺得垂頭喪氣。

阿才見我露出苦瓜臉，趕緊收聲不再說下去。

「對了，你們將軍爲什麼總戴著面具？嗯……是不是曾在戰場上受過傷，毀了容貌？」

我小心翼翼地問，只想多知道一些他的事情。

阿才一愣，眨了眨眼睛後突似明白過來我的意思。他頓了頓，歎口氣說：「是啊，乍一看是會嚇到人的！所以將軍總是戴著面具。」

「眞想一睹那面具下的容顏……無論是什麼樣子，我都可以接受的。」我心中泛起絲絲疼惜，自語般呢喃，心中所想脫口而出，竟忘了眼前還有個阿才。

「小憐姐姐，你……」阿才怔怔看著我此刻表情，臉上竟無平日的頑皮，反而有種恍然大悟之後的隱隱擔憂，張口問道：「你喜歡將軍？」

我雙頰浮上紅暈，窘聲道：「討打麼，這話怎麼可以亂說？」

阿才露出略略放心的表情，「不是就好。將軍那日在戰場上救了小憐姐姐，親自將你送回營帳，我也以爲將軍對你是有些不同的……可你卻是周國皇室的女眷，無論什麼時候，將軍都會把國家的利益和士兵們的安危放在首位，他絕不會爲了你而放棄營救被俘虜的手下。」

我臉上驟然一僵，恍若深陷粉紅泡沫中的自己倏地被人點醒，陣陣涼意襲來，霎時間清醒了許多。

「更何況將軍至今還是將洛雲姐姐的畫卷隨身攜著，半瞬不離，我想這輩子他都忘不了她的。天底下不知曾有多少女子爲我們將軍黯然神傷，可是能入得了他眼的，始終只有洛雲姐姐一人而已啊……」阿才耿直又涉世未深，自顧自說道的同時恍覺失言，遂馬上住口。

「洛雲？洛雲是誰？」我微微一怔，細聲追問。

「呵呵，沒什麼，我瞎說的，總之小憐姐姐還是不要、不要喜歡上我們將軍才好。」

阿才急急從凳子上站起，結結巴巴說道。

「爲什麼？」我飛快地又接口問道。

「因爲他是不會喜歡任何人的呀。」阿才脫口而應，話一出口才覺不妥，彷彿有些懊惱自己多嘴，跺跺腳就衝出門去。

因爲他是不會喜歡任何人的呀——阿才略帶稚嫩的清脆聲音盤旋於屋內靜寂空氣中，我心底乍湧千般滋味，一時間酸甜苦辣竟難分辨，猛覺往日美好的夕陽餘暉，今日亦顯黯然。

其實我是個非常膚淺的人啊。記得在現代的時候，自己總是垂涎帥哥，遇見優質男總會多看幾眼，看漫畫也專挑美型的……從未想過這樣的自己，有一天會冒出「無論他的臉多可怕我都不介意」這種心甘情願的想法。

那時候的端木憐，多麼簡單而快樂啊。因爲是端木家的繼承人，我在校園裡也算眾星捧月，然心中從未有過一點點牽掛的感覺。而我此時此刻，對面具將軍萌生一股難以言說的眷戀和依賴之情愫，是因爲感恩，還是因爲置身於陌生世界裡的自己太過孤獨無助的緣故？

我，眞的喜歡上他了嗎？——不禁認眞地這樣問自己。

偏偏心中百轉千迴，卻找不到個清晰的答案。

5

落日的緋紅流霞一點一點消失在蒼藍天際，夜色漸濃。

我蹣跚走近一座看似華貴的軍帳前。許是怕引人注目，面具將軍這次帶來周國的人並不多，我讓阿才纏住守在門口的士兵，自己偷偷從側邊閃身進去。走進小院，隔著氈皮帳簾，只聽見有幾個頗爲熟悉的男聲正議論著。

「稟將軍，我已經發了帖子給宰相府，讓他們交出水牢的鑰匙，放了那些兄弟，否則就要給元清鎖收屍了。」

「那宰相老奸巨猾，司空宇文邕也非泛泛之輩，恐怕他們不會如許輕易就範。」

「李參軍說得是，我聞說那宇文邕荒淫無度，府上侍妾舞姬數百人，區區一名侍妾怕是威脅不了他……」

「那倒難說，這元清鎖畢竟是宰相夫人的親姪女，那日見皇上對她也十分著緊，想來應當仍有作用的。」

眾人兀自討論著，我心中突有一股涼意拂過——他果然是這樣安排的，要用我去換水牢的鑰匙！

我說我不想回宰相府，在他聽來即使是發自肺腑的請求，也不過像掠過耳邊的清風，他到底還是「以大局爲重」。萍水相逢，他能爲我考慮多少，我又能要求他爲我考慮多少呢？

猛地揭開帳簾，我揚聲說道：「宰相宇文護的性格我十分瞭然，他斷不會爲了區區一個女子而束手就擒。否則這話傳出去，天威何在？即使他假意應承，也不過是引你們送上門去罷了。」

聽了這番話，帳中眾人皆是一愣。

「大家不必這麼看著我。我雖是宰相府的人，可並不代表我定要跟你們作對。清鎖正好有事相求，也想賣個人情給各位。」我含笑望向面具將軍，只見他神色如常，湖泊般的雙眸依舊幽深無波。

眾人面色殊異地看著我，都有些狐疑。

一個樣貌粗獷的大叔粗聲粗氣說道：「誰讓你進來的？我們又憑什麼相信你？」

「就憑這個嘍。」我友善地笑笑，伸手從袖袋中掏出一枚金色鏤花鑰匙。就是那晚我被劫走前在地上撿到的鑰匙，後來細看才發現是純金所製，紋理極其精細，宰相府的鎖頭和鑰匙皆是銅製且無這麼繁複的紋理，對上時間和地點，想來便是那天險水牢的鑰匙了。

眾人又是一愣，登時都訝然盯著我手中的鑰匙，又驚疑不定地看向我。面具將軍眼中依舊平靜寧和，只淡淡地望著我。

「給宰相府的帖子，約在何時何地？」我環顧四周，輕聲問道。

「後日午時，在城中西大門。」面具將軍側過頭微微一頷，桌邊一位頗爲年邁的軍士甫開聲回答我。

「宇文護屆時定會在水牢和城門口設下埋伏，到時候寧可丟了我的命，他也不會讓你們跑掉。」我用手撐著下巴，神態認眞地說：「既然水牢的鑰匙在我們手裡……小女子我倒是有個萬全之策。」

「什麼？你說！」方才那個粗聲粗氣、濃眉大眼的大叔順口問道。

「說出來倒容易，只怕你們不信我。」我擺弄著手中鑰匙，努著嘴巴說：「不如這樣，我先說我要拜託你們的事情，有利益糾葛，你們或許會更相信我。」

「哼，快點談條件也好。你想要我們做什麼？」濃眉大叔沒好氣地說。

「那我還是先說我的計策好了。」我調皮地笑笑，「你們約在後天，按理說今晚宰相府的動靜應該不大，他們又不曉得鑰匙在我們這兒，水牢那處應暫且不會有重兵把守。」我把鑰匙推到桌子中央，「一不做二不休，不如我們擇在今晚行動。你們去水牢救人，我則裝作逃脫的樣子回宰相府，說你們入夜會來偷襲，讓宰相府加強戒備，總之我會盡量拖住宇文護和宇文邕。然後你們就乘隙去劫水牢，這樣一來，今晚過後便皆大歡喜。」我輕揚唇角，露出個很有誠意的笑容。

「聲東擊西使敵措手不及，倒是不錯。」面具將軍淡然說道。

「可是放你回歸宰相府，難保你不把我們去劫水牢的事說出來。你是宇文邕的侍妾，說不準會出賣我們。」方才那個年邁軍士沉吟片刻，面帶猶疑看著我。

「你擔這個心也不無道理。所以我說，只怕你們不信我。」我微微後仰，輕靠在椅背上，「可是仔細想想，你們千里迢迢來營救關在水牢的兄弟，如此重情重義，清鎖本就十分佩服，此舉又於我無害，我何苦要阻撓呢？何況將軍救過我兩次，這個恩情，清鎖一直都很想償還回報。」我望向面具將軍的墨色眼眸，他正好也望著我，四目相對的片刻我剛好說到「恩情」二字，心中莫名一顫，急忙錯開目光。稍頓了頓，我又抬頭迎上他的目光，「其實我所求之事，對各位來說也算輕而易舉……只是要勞煩將軍親自將我送出門外，到時我自會告知。」

房內沉靜有頃，眾人皆在思忖我話中的可信度和可行性。

「好吧，我信你。」他動人的嗓音在空氣中擴散開來，目光仍是一派淡然平和。

將軍既然這樣說了，眾人便也都再無異議。

他信我，他信我！

我心中湧起一股暖意。

6

月色如霜，山澗鳥鳴在夜風中應和潺潺流水，清涼宜人。

我與他並肩走著，道旁梨花一樹一樹開得正濃，花瓣迎風而落，紛紛揚揚飄散下來，在夜色中更顯潔白飄逸。雪片般的花瓣落在他烏黑長髮上，煞是好看。

「三天後，子時在西大門等，好嗎？」我聲音有些突兀，驀然打破這片暗香浮湧的沉默。

面具將軍微微一怔，漆黑眸子悄然望向我。

「我說過……我不想再回宰相府。如果我幫你辦成這件事，你就帶我走，好不好？」我顫巍巍抬頭，聲音裡帶了幾分懇求。

月色溶溶，他白衣廣袖飛舞如蝶，我滿眼懇切地看著他，彷彿這是我所能抓住的最後一絲希望。

不是沒想到青鸞鏡，也不是忘記了我的責任。只是那冰冷詭異的宰相府充滿算計與虛僞，我眞是一分鐘都不想再待下去。若要我對著宇文邕那風流胚子在四角府第裡度過下半輩子，光是用想的都覺得好可怕。

「爲甚這麼想要離開？」他凝視我片刻，帶著淡淡的疑惑問道，足可媲美現代聲優的嗓音在夜幕中更顯動聽。

「因爲我想得到自由，我想要過自己想過的生活。」略略思考，我異常認眞地回答道。仰起頭看他，隱約可看見他眼眸中的自己，瞳仁深處倒映出滿目星光。

話音緩緩落下，他只那樣靜靜看著我。我回望著他，他的眸子像一潭深水簡直要把人吸進去，心頭猛地掠過無以名之的震顫。忽然間，只見他眸光一閃，飛快地伸手將我攬到身邊，我的頭撞在他的胸口，耳畔一熱，心跳猛地漏了好幾拍。

背後掠過一陣風聲，接著傳來窸窸窣窣的聲響。他淡定地扶我站好，我回頭看去，原來是樹頂上貓頭鷹俯衝向林間的老鼠，翅膀恰掠過我剛剛站的地方。

「你怎地確知，跟我走了就能得到自由？」他幽幽地問道，面色如常，猶如在說方才不過是舉手之勞，又微微蹙了蹙眉，探究地看著我。

「岔路口上有兩條小徑，其中一條是通往桃花源的。路口處各住著兩個仙女，其中一個說的話有七成是正確的，另外一個的可能性是一成。將軍，你會選擇問哪一個？」我沒直接回答，反問了個完全不相干的問題。

面具將軍聞言怔住，沒想到我會忽然冒出這樣一句問話。

「我會選擇問一成的那個，因爲只要去走與她答案相反的那條路，就有九成正確的可能。」我淘氣笑笑，繼續說道：「跟你走，總有九成機率會賭贏。即使結果南轅北轍，我也無怨無悔。」

然同時卻挺心虛地暗暗問自己，我內心深處眞就那麼想離開宇文邕嗎？他眞是那一成的錯誤答案嗎？我眞能夠放棄守護青鸞鏡的職責遠走高飛嗎？還是我對眼前這個人的感覺已經演化成一抹無法掌控的濃濃眷戀？因爲不想離開他，所以才會做出如此選擇？

「呵呵。」聽了我的話，他嘴角漾起漣漪般的笑，悠然說道：「我兩個都不會選。世上本無桃花源，世事往往弄人，把命運交到別人手上終是不可靠的。」

我怔怔看著他，恍惚中，似從他眼眸窺見到縷縷悲傷一閃而過。我彷彿無意間碰觸了他心底的傷口，可他即使感到痛楚，也疼得雲淡風輕，不著痕跡。

我想開口說些什麼，卻又不知該從何說起，只好傻愣愣仰頭望著他。

「時候不早了，我已叫人備馬送你回去。」面具將軍側身一步，立時恢復神色。

不遠處有小廝牽著馬走來，駿馬嘶鳴一聲，驚起林中無數飛鳥。

「既然是逃出來的，又怎能讓人送呢？」我忽地低頭撕扯裙裾，並在地上蹭了蹭，又抓起溪水邊濕潤泥土往臉上抹了一把。這樣一弄，才添了幾分委頓之狀。

他微微一愣，隨即瞭然，唇邊掛起一抹淺笑。

腳傷尚未全好，我要靠小廝扶著才能上馬，看看現在的自己，已經很有忍辱負重、倉皇逃跑的樣子了。

馬兒舉蹄行出幾步，我忍不住回過頭去，像個不相信大人的孩子，頗有些不確定地看著他，細聲啓問：「三日後，你會來吧？」

明月高懸，他站在花木扶疏的青翠林間，輕輕點了點頭。

我安心之餘，略帶羞澀地輕揚唇角，朝宰相府的方向疾馳而去。

古人不比現代人有豐富的夜生活，大多睡得早。此時已值半夜，只有幾戶朱門懸著數盞熒亮燈籠。

圓盤似的明月被烏雲遮住，天色黯淡下來。此時我胃中突然翻騰起來，絞痛不已。記得曾聽侍女碧香笑說元清鎖的胃不好，時常痛得蹙眉，就好像西施一樣。可是我這幾日被阿才悉心照顧飲食，沒有胃疼的道理呀。

越是接近宰相府，身上的痛楚就越加強烈！

在大門口勒馬停下，我渾身疼痛難忍，不消再裝出委頓模樣就很像歷劫歸來了，痛得踉蹌跌下馬去，仰面摔在地上。依稀看見門樓頂上瓦片裡有一抹若隱若現的淡黃，我不及多看，胃裡又是一陣絞痛。門口的侍衛認出是我，七手八腳地將我扶進府中。

我這才發現，往常熱鬧非凡、井井有條的宰相府，今日卻是說不出的蕭索沉寂，上上下下人心惶惶，不時有幾聲哀號劃破夜空。

我忍著劇痛朝宇文護所在的正房走去，卻被個面生的下人攔住。那人急急勸道：「宰相大人舊疾復發，不見任何人。」

舊疾復發？我心中一驚，馬上又問道：「那夫人呢？夫人在哪裡？」

「夫人重病，皇上派了御醫前來診治。府內下人病倒的不少，宮裡也撥了不少人手過來。」

「皇上和司空大人也病了嗎？」我勉強在旁邊的石凳坐下，疼得脊背冷汗涔涔，可覺得事有蹊蹺，必須問得詳盡些。

「皇上前兒個清早就已經起駕回宮，宰相大人是昨晚才病倒的。司空大人也身子不爽，御醫給配了藥，正在房間休養呢。」

照這情景，看來他們也無暇顧及水牢的事了。可是爲何宰相府內會一夜之間全數病倒，連我自己都深受其害呢？

「不行，我得去看看。」我扶著桌子站起身，腳步踉蹌地朝宇文護的房間走去，「你去派人檢查檢查廚房，看是不是有人在食物裡下了毒，就說是夫人讓查的。」因爲內心細微的緊張和恐懼，我變得聲色俱厲，那小廝被我嚇了一跳，急急應了聲，往廚房的方向去了。

我勉強行過西苑的月牙門，驀一側頭，透過層層花木，隱約看到雕花窗邊坐著一個頗爲熟悉的身影。一襲孔雀藍長衫，膚色黝黑，面容如雕塑般俊美，周身散發一股英氣——此人正是宇文邕。

只見他不經意地環顧四周，卻並沒看到站在花架後的我。他揚手把一碗湯藥順著窗口倒掉，眉宇間凝聚著一抹複雜神色。

我一愣，不由暗自思忖，瞧他面色紅潤，根本不像患病的樣子，又偷偷摸摸將藥倒掉，莫非他裝病只是為了掩人耳目？難、難道宰相府這毒是他下的？

第四章　別時容易見時難

「府中的人全都病倒了，為何獨獨你沒事？」沉默片刻，眼看宇文邕看我的眼神越趨探究，我清醒過來，別過頭拭去臉上的淚水，轉換話題，單刀直入問道。如果讓他察覺我的異樣，對他對我，皆是沒有好處。

1

心下驚疑不定，剛想悄悄離開，還未邁開腳步，腳踝處忽傳來劇痛，我忍不住呻吟一聲，整個人朝地上栽去。

「誰？」宇文邕驚覺有人，旋厲聲喝道，大步走出房門繞到樹後。見到是我，他倏地一愣。

我無力地癱倒在地，胃中絞痛被腳踝上劇烈痛楚所掩蓋，傷口處滲出血來，將裙裾染成一片殷紅。

「好痛……」我臉上青白交替，後背虛汗淋漓，聲音微弱地呻吟道。

宇文邕遲疑片刻，俊臉上掠過一絲防備，終是橫抱起我，朝房裡走去。

身體軟弱無力，意識已經模糊不清，我隱約感覺有人狠狠把一碗苦藥灌到我的嘴裡。不知道過了多久，身體上的疼痛逐漸緩解。我睜開眼睛，四周罩著花帳，原來自己正躺在宇文邕的榻上，腳踝傷口被重新包紮過。窗外的風捲來一絲涼意，東方微露魚肚白，這一夜竟是如此漫長。

我的胃中依舊陣陣翻騰，腳踝麻麻地疼著，想來他給我喝的是鎮痛寧神的湯藥，治標不治本。

宇文邕坐在紅木桌旁，面無表情地抿了口茶，甫抬眼看我，雙目炯炯有神。

「你怎麼回來的？」他挑了挑眉毛，聲音中半點溫存也無。

「騎馬回來的。」我身子虛弱，見他這種態度更是火大，故意拐彎道。

「我是問你，蘭陵王怎會輕易放你回來？」宇文邕「哼」了一聲，沉聲問道。

「你去問他啊，我怎麼知道。」我揚揚眉毛，白了他一眼，一副你奈我何的樣子。今夜已過，照宰相府這幅情景，想必面具將軍已然順利救出水牢裡的北齊將士。

等等，蘭陵王？我腦中霎有閃電劃過，一瞬間照亮了腦海深處的記憶。面具將軍……蘭陵王？彷彿一直潛藏在意識邊緣的某處記憶驟然被喚醒，如炸雷一樣轟響於我腦中。

我憶想起那日在博物館中，玻璃櫃裡的長幅卷軸。

新將入陣譜弦歌，共識蘭陵貫輿多。
制得舞胡工歡酒，當宴宛轉客顏酡。

清楚記得那日在空曠明亮的博物館中，我賞看畫軸上的男子，一襲白衣勝雪、寬袍水袖，面上卻戴著猙獰的青銅面具，隱隱泛著肅殺之感。旁邊一行瘦硬的字帖，書著：「蘭陵王入陣曲」。

先前竟未想到，他原來就是蘭陵王高長恭。

腦中關於他的歷史記載斷斷續續地湧入腦中：蘭陵王的名字流傳後世，除了他的驍勇善戰，也有一部分原因是他的身世謎團，其生母在史書上並無記載，引後世揣測。蘭陵王其他五個兄弟母親是誰都記載得明明白白，唯獨蘭陵王的母親是誰，史書上沒有記載。

想到他的結局，我心底驟然掠過一絲哀懼，一股寒意由內而外包圍了我。關於北朝的歷史，我並不精通，依稀只記得蘭陵王在壯年時被北齊皇帝高緯賜酒毒死。他風光無限、波瀾壯闊的一生，終是以悲劇告終。

臉頰一涼，不知何時已經掛滿了淚水。我睫毛微微抖顫，難以置信地抬眼望向宇文邕，不願接受面具將軍就是蘭陵王的事實。

「你說那個面具將軍是……蘭陵王？」

看到我這個樣子，宇文邕一愣，面上掠過一絲驚疑。他頓了頓，說：「先帝在位的時候，我曾隨軍出征。傳說齊國驍勇善戰的蘭陵王，面上總是戴著銀色面具，將軍提醒我們要小心提防他。」

「哦，那也許不是他呢。」我不甘心地說，多少有些自欺欺人的意味。我明知道他的淒涼結局，卻又什麼都不能爲他做，這樣的現實我眞不知該如何面對。

「府中的人全都病倒了，爲何獨獨你沒事？」沉默片刻，眼看宇文邕看我的眼神越趨探究，我清醒過來，別過頭拭去臉上的淚水，轉換話題，單刀直入問道。如果讓他察覺我的異樣，對他對我，皆是沒有好處。

「怎麼，你懷疑我？」宇文邕臉色乍沉，一雙星眸頗具壓迫性地望向我。

「懷疑過，不過現在不了。」我留意他的神色，少頃過後輕聲說道。

「哦，爲什麼？」宇文邕怒氣隱去，微瞇了瞇眼，語帶疑惑地問。

「直覺。看你偷偷把藥倒掉，想來你是裝病，所以才會懷疑。可是……」我掃過他逼人的深眸，拉長了聲音，「你要眞想除了他們，應該不會用這麼迂迴的手法，倘要下毒也必是見血封喉的，哪還容得人家苟延殘喘。」

話一出口，自己也覺得此言甚妙，一串話下來竟聽不出是褒是貶。

「哼，怎麼，你以爲你很瞭解我嗎？」聽了我的話，宇文邕微微一怔，隨即唇角揚起一個不以爲然的冷笑。

「我說了，是直覺，跟瞭解無關。」我淡然回答，忽又想到什麼，揚聲問道：「你可知道宰相大人的舊疾是什麼病？還有夫人呢，她得的又是什麼病？」

「宰相素有心痛的毛病，平時靠服藥養著，罕少發作。夫人有很輕微的哮喘，昨晚卻一下子加重症狀，好幾次險些背過氣去。」宇文邕眉間微蹙，陷入沉思。

「我的胃不好，算是舊疾，腳踝卻是新傷。即便有人費了心思害我，也來不及配治讓我腳傷加重的藥物。府上每個人都是舊病復發，可每個人的舊病也各不相同……恐怕不是下毒這麼簡單吧。」我歎口氣，心底浮上一絲怯意。想來多虧自己這幾樣舊疾都不致命，否則現在豈不岌岌可危？轉念想起前幾日的傀儡咒，隱約覺得這背後有股巨大而神祕的力量在操控著，仔細思索卻又毫無頭緒。

宇文邕深深地看了我一眼，似是在衡量我可不可以相信。過得一會，他終於開口說：「我年少時候，有師傅教過我一些奇門遁甲的皮毛。我發現宰相府中幾處主位，都在隱祕地方貼了黃符。庭院正中那株蟠龍木好像也有人動過手腳，放了個蟻窩在樹根部。」

「你是說，有人破壞了宰相府的風水，並在四周貼符下咒？」我心中陡然一驚，那個傀儡猙獰詭異的臉孔又浮現腦際。古代盛傳巫術，想來下符詛咒一事絕非憑空捏造。「到底是什麼人，有這麼大的本事於一夜之間弄垮宰相府？他的目的又是什麼？」

「不知道。總之，來者不善。」宇文邕微微歎息道，被人掌握在股掌中擺弄的感覺總是不好受的。

「可是，爲什麼唯獨你沒事？」我歪頭看向他，疑惑又好奇地問：「莫非你從小都沒有生過病？」

「我也不知道。我小時候體弱多病，應該有許多舊疾才對。」宇文邕凝神望住我的眼睛好半晌，確認其中未存一絲試探、諷刺或懷疑，甫才開口回答我。

此時天色已亮，一陣睏意襲來，雖然胃和腳踝還在隱隱作痛，我卻開始意識模糊，睡意漸濃。

隱約感覺有人在我床邊凝視有頃，爾後轉身走出房門，睏得不得了的我把頭靠在枕上，沉沉睡去。

2

耳邊傳來一陣吹吹打打的嘈雜聲，我睁開眼，刺目的陽光透過濃密睫毛照進眼眸。

原來已是正午。

我身子輕快不少，窗外鼎沸的人聲愈加清晰，隔著雕花窗望出去，只見西苑花園前的空地上密密實實圍了一群人。隨風傳來陣陣低語聲、鼓聲和擊筑聲，莫名透出一股詭奇之感。

我對著鏡子略略整理散亂的頭飾和衣衫，鏡中的我氣色好轉許多，不似昨晚那般蒼白。出門走進人群，只見青磚地面上有白色蠟燭拼成八卦形，幾個戴猩紅鬼怪面具的人手舞足蹈在四周擺動，口中不停哼聲且念念有詞，咒語與節奏單一的樂曲聲混合在一起，簡直說不出的怪異。八卦正中則盤坐著一名著黑白長袍的道士，鶴髮童顏而面色紅潤。他雙目緊閉，手執一柄木劍，上面貼著一道黃符，劍尖正對著八卦中心裡的那支蠟燭。

我本站在人群中，忽有小廝恭敬地在背後喚我，將我引到宇文邕身邊的位子落坐。

我坐在雕花紅木椅上，目光恰好可看到那名道士的側臉。只見樂聲驟停，他雙目猛然睜開，雖然不是正對著，也能感覺到似有兩道金光從那雙眼中噴薄而出。難以想像，那樣老邁的年紀，卻有那樣鋒利的眼神。

道士伸出兩指，揮出木劍，聲如洪鐘喝了一聲：「滅！」話音剛落，滿地蠟燭霎時全部熄滅。

眾人皆震撼不已，齊發出景仰崇拜的讚嘆。我側頭望向正座，察見宰相大人和夫人元氏的氣色也好了許多，他們正滿意地看著這名道士，狀似對他十分信賴。

我心中微感疑惑，眞正的道家不是應該有雙寧和通透的眼神嗎？爲什麼我直覺就想到——此人，絕非善類。

那道士將木劍上的符拈下，用木劍一指，那道符立刻燃燒起來。旁邊的下人捧著一盆清水趨前，道士將符扔到水中，那火卻不熄滅，竟然又在水中燃燒了片刻。

人群中爆出一陣驚歎，我也不由得睜大了眼，暗想道：「這道士到底是何方神聖啊？」

「宰相大人，貧道已然肅清這宅子裡的邪靈，只消再將這符水喝下，諸位玉體明日即可恢復如常。」道士上前一步，也不行禮，昂著脖子說道。他語氣恭敬有餘，神態卻透著一絲高傲，恍似並不怎麼把宰相大人放在眼裡。

「有勞無塵道人了。這次多虧道人及時趕來，救我府中上下百十口性命。」宰相宇文護抱拳回應，眼底盡現感激之情，估計是被自己的舊疾發作給嚇怕了。或許越是身居高位、越是享盡榮華富貴的人，就越是怕死。

「一切都是因緣際會，宰相大人不必放在心上。」無塵道人俯首說道，眼中平靜淡然。

府中下人已端著那盆符水走到我跟宇文邕面前，盛出兩碗送到我們手裡。我跟他飛快對視一眼，眾目睽睽之下，亦只好以袖掩面喝了下去。

「多謝道人。」宇文邕和我喝了人家的符水，雖然不甚情願，面上卻也得要裝出感謝的表情，雙雙垂首恭敬地致謝。

無塵道人沒有說話，微微鞠躬，算是回禮。他抬頭瞧見宇文邕和我，忽地一怔，目光瞬間變得複雜，笑道：「二位都不是凡夫俗子，今日得見，實乃幸會。」

我一愣，瞬間心念如電，如果他眞能看透我跟宇文邕的過去和未來，我倒無所謂，畢竟即便說我來自未來，這兒的人也不會相信的。可是若讓他道出宇文邕有帝王之相，恐怕宰相宇文護現在就會下手除了我的「夫君」。

於是我一臉天眞地接口道：「哦？妾身一向身無長物，不知道長所說的，是怎麼個不凡法呢？」

無塵道人凝神看了我片刻，神情高深莫測，隨即笑道：「夫人的面相與氣場都與其他人不同，貧道看不出你的命數來。貧道只知夫人是從別處來，再多，就說不出來了。」

我心中陡然一驚，看來這道士果然有些本事。「從別處來」這句話還眞是可圈可點，難道他眞能看出我是來自異時空的人？

「哦。」我擺出失望的表情，「還以爲道長會說我能與我夫君白頭偕老……因爲做到了別的女子做不到的事，所以不凡。」說著瞟了宇文邕一眼，「不過道長您說得也不差，妾身我的確是從別的地方來的。我是從司空府來的，嫁過去也有一年了。」

無塵道人聞言一愣，點了點頭，不再答話。估計聽了我這番不著邊際的話，他大概疑心自己看錯了，像我這種語無倫次的小女子又能有甚不凡之處。

聽我說到「白頭偕老」，宇文邕頗詫異地瞥了我一眼，臉上掠過匪夷所思的表情。

宰相大人和元氏看我們聊得久了，派人催我們入席。所有人都視無塵道人爲救命恩人，全對他尊敬有加。宇文護更是把他列爲座上賓，禮數在其他朝臣之上。

於是，一天之間，宰相府就從死灰般的蕭索中解脫，漸漸恢復了往日富麗熱鬧的氣象。即使有人來報水牢被劫，宇文護也無暇顧及，只草草下令封鎖消息，一心只管自身安危。

3

宴請無塵道人的酒席自然不能太過花哨，只在前廳裡擺了簡單的齋菜，爲了清靜，列席的不過幾個人而已。

「道長，宰相府一向四平八穩，不知道爲何會突然招引邪靈？」席間交談之中，宇文護像是想到了什麼，疑惑地問道。

「宰相大人可曾聽聞過青鸞鏡？」無塵道人沉吟有頃，開口問道，雙眼直視宇文護。

乍聽到「青鸞鏡」三個字，我手中筷子差點掉落。我不敢抬頭望去，生怕自己此時震驚的表情會洩露什麼，便只側耳傾聽。

「未曾聽聞過。」宇文護頓住片刻，搖了搖頭道。

坐在我身旁的宇文邕微微愣住，眼中掠過一絲詫異，隨即又恢復如常，再看不出半點端倪。

「青鸞鏡是上古魔物，乃是女媧娘娘煉石補天遺留下來的一枚石子，落在瑤池數百年，漸被沖刷成一面蘊含神力的鏡子，曾助黃帝滅蚩尤、周武王滅商紂，據說可藉此鏡通曉古今，其可預知未來、顛倒時空、攝人靈魂，無所不能。可是後來，青鸞鏡落入魔教之手，逐漸沾染上邪惡之力，擁有者皆會招攬邪靈，犯下滔天大罪。諸葛亮也曾下過『鸞鏡一出，勢必亡國』的讖語。」無塵道人緩緩述道。

我猛地一愣，心下驚疑不定。他在說什麼呀，明明是「鸞鏡一出，天下歸一」，怎麼到他那裡就變成「鸞鏡一出，勢必亡國」了？他這樣顛倒黑白，到底存有什麼目的？

「道長的意思是……」宇文護蹙了蹙眉，探詢地看向他。

「青鸞鏡可能就在貴府，故此才招引了邪靈，幾乎讓宰相府一夜之間慘遭滅門。」無塵道人雙目炯炯，嚴肅地道：「宰相大人可知那青鸞鏡現在何處？」

「府中真有那樣的魔物嗎？怎地我從來都不知曉？」宇文護露出驚詫表情，側頭望向元氏，她也輕輕搖了搖頭。

「青鸞鏡能隱藏自身能量，看上去與尋常鏡子無異，宰相府這麼大，確是難以發覺。」

聽到他們都說不知此事，無塵道人臉上飛快閃過一抹失望表情，平和答道。

「不知道長現居於何處？」宇文護頗具深意地問道。

「貧道雲遊四海，居無定所。」無塵道人恭順應答。

「道長不如暫住我宰相府中，一方面尋找青鸞鏡以驅逐邪靈，另一方面，吾可稟報皇上，封道長爲護國法師。否則以道長的神力，豈不屈才？」

「那貧道就恭敬不如從命了。」無塵道人面上仍是淡然，卻無任何推辭。

我心中暗歎一聲，這不是「引狼入室」嗎？雖不清楚這道長是啥來頭，可是他這樣扭曲青鸞鏡的來歷，足見他此番前來是必有所圖的。

宇文邕那廂一逕帶笑飲酒動筷，我無意識地望向他，他正好與我相視，彼此眼中都閃過一絲複雜難言的光焰。看來他對這位無塵道人也不大信任。

我頓了頓，朝他舉杯。

罷了，罷了，宰相府中的一切我都不願意再管，雖然青鸞鏡的事已經浮出水面，可光憑我一己之力也很難掌控，何況無緣之人未必能找到青鸞鏡。眼看約定的時間將至，此刻我只想到西城門去見蘭陵王。

這杯酒，就算是告別吧。宇文邕見我主動向他敬酒，微微一愣，隨即也朝我舉杯。

我仰頭，將酒一飲而盡。

此時已是半夜三更。

宰相府上下經此一劫，皆尚未恢復元氣，所以我很輕鬆就溜了出來。

我策馬奔馳在萬籟俱寂的午夜街道上，身穿煙綠色輕紗芙蓉裙，外罩月白色霞紋外衫，而頭上簪鏤花銀珠釵挽了個髻，這已是我梳髮的最高水準。

想到一會兒就可以見到他，我心中不由溢滿歡喜。

至於青鸞鏡，日後我會再想辦法找到的——我這樣對自己說。此前當下，我對他和對自由的嚮往超越了一切，只想跟著他遠走天涯。

歷史上眾說紛紜的蘭陵王，一生都帶著神祕和悲劇色彩。

不管命運能否改變，我都想要留在他身邊。我要用自己對歷史的認識去保護他，不讓他走向那個殘酷的結局。

我不明白這是不是愛情，唯只知道，我好想好想見他！好想跟他在一起！

4

明月高懸，深藍天幕綴著點點繁星，空氣中漂浮著夜晚特有的清涼味道。

我在城門下迎風站著，夜風捲起煙綠色的水袖，衣袂如蝶舞般翻飛。

等待的時光總是漫長難捱，我負著手來回踱步，臉上掛著期盼的笑容，步履輕盈猶如起舞。繡鞋踏在青石板上，發出微不可聞的聲響。

時間一分一秒過去，天幕顏色逐漸變淺，星光也愈加黯淡。

我等著，盼著，心頭焦慮倍添。

明月逐寸西斜，四更都已過了。我心中熱情一點一點地退去，欣喜之顏也變得苦澀起來，凝成一副不甘心又難以置信的表情。

此時已近天亮，他爲什麼還不來？

我卻仍一直等一直等，等到晨曦初露，東方的天空泛起魚肚白，我才終於相信，他是不會來了。

我背靠城牆而坐，雙手緊抱著膝蓋，晨露浸濕了衣裳頓覺發冷，而心中五味雜陳，牽掛、失望、擔憂、疑惑、不甘等種種情緒混合在一起，難以言說。滿懷欣喜地等待，最終希望落空的那股蒼涼，像個巨大黑洞冰冷地將我吞噬。

忽然聽到若有似無的呼吸聲，感受到來者身上散發出的溫熱氣息，驚覺有人靠近。我心中一喜，猛地站起身來，眼角猶掛著淚痕，唇邊揚起一抹喜悅的笑容。

待看清眼前的人，我心中火焰倏地熄滅，揚起的唇角緩緩落下，滿臉的期盼又化成失落。

眼前這個人頎長的身形，被徐徐升起的晨光拓成一道俊朗的影子。他金冠錦衣，星眸璀璨，比起我一夜無眠之後的憔悴，更突顯他的氣宇軒昂。

我心中浮起一絲驚訝——怎麼是他？

竟是宇文邕。

瞧見我未乾的淚痕和瞬間失落的表情，宇文邕臉上閃現詫異之色，眸中迅速騰起一抹怒意，冷聲道：「你該給我一個解釋吧。」

「你想聽什麼？」我垂下頭，輕聲反問，只覺渾身無力，心中灰濛濛的一片，無心跟他糾纏。

「聽你說爲什麼私自出府，爲什麼刻意打扮來此苦守一夜，爲什麼看見是我就露出這樣的表情！」宇文邕走到我面前，狠狠捏起我的下巴，劍眉微挑，一字一頓地說。

我被他扼得生疼，本就心中淒苦，淚水幾乎奪眶而出。可是他越兇，我就越不肯示弱，錯開目光不去看他，聲音柔媚地問道：「喲，司空大人何時開始這樣關心清鎖的行蹤了？在你眼裡，我不是可有可無且避之不及的嗎？」語罷，目光諷刺地看向他的眼睛，又是一句冷言：「你跟我是什麼關係，大家心知肚明！」

宇文邕一怔，雙目如電逼視我良久，我淡漠而無畏地回望。片刻之後，他狠狠甩開我，又來個挑眉冷笑道：「好，你倒說說看，你跟我是什麼關係。」

我心中怨氣滿點無處發洩，此時心灰意冷也不顧後果，放膽直言：「我是宇文護送給你的侍妾，你怎麼可能會眞心接受？怕我監視你，怕我看穿你的野心，明著待我不薄，暗裡卻放任其他女人擠對我。宇文邕，你不喜歡就別要，何必平白誤人一生！」

是否天下男子皆這樣負心薄倖？眞正的元清鎖，一心深愛著他，待在那狹小的煙雲閣裡盼等著多見他一面，所聞所睹卻是他跟別的女子夜夜笙歌，最後還被那個得寵的媚主子毒打至死。男人們的政治角力，與那個懦弱溫婉的女子何干？倘要我端木憐一輩子囚禁在那四方天地裡，守著一個我不愛的男人，整天跟一群八婆勾心鬥角，倒不如一刀捅死我算了。

宇文邕聽了我這番直白的話語，面露震驚，接著雙眸一沉，漆黑如墨的瞳仁中折射出複雜幽冷的光焰，隱透殺機。彷似暴風雨前的寧靜，他上前一步逼視著我，聲音平和了不少，「哦？我有甚野心，是怕讓你看穿的？」

對上他幽深陰暗的眼眸，我心頭閃過一絲驚懼，下意識後退數步，嘴上依然逞強地說：「你自己心裡不是最清楚嗎？倒來問我！」

此時的大司空宇文邕沉迷聲色、放蕩不羈又處處留情，若不是憑藉對歷史的瞭解，知道他是統一北朝的明君周武帝，我恐怕還真看不出他有啥野心，會這樣長期隱忍籌謀，將殺他兩個兄弟的宰相宇文護勢力連根拔起。

宇文邕眼神愈加迫人，我心底陣陣發怵，步步後退，不覺間背抵在冰硬城牆上，已是退無可退。他繼續逼近我，俊美輪廓在清冷晨光中泛著寒意，手掌「啪」的一聲抵在我背後的牆上，臉龐近得不能再近，直視我的眼睛。我只覺兩道強光射入心底，就要穿透我一般。

面對這樣迫人的目光，我心底沒來由生出一股怯意，不敢再看他的眼睛，聲音微微發顫，「你、你想怎樣啊？」

「我想怎樣？你說我想怎樣呢，你不是自以為很瞭解我嗎？」他富有磁性的嗓音響起，口中呼出的熱氣縈繞在我耳畔，忽地輕輕啣住我的耳垂。

我陡然一驚，身子微微僵住，本能地側頭想要避開。他灼熱的吻卻接著落在我白皙脖頸，我不由打了個寒噤，一陣冷氣躥上脊背。哪曾經歷過這些親密動作，我早嚇得瑟瑟發抖，腦中一片空白，聲音裡帶著乞求，語無倫次說道：「你做什麼……不要……別這樣……」

他抬眼看我，唇邊閃過一抹冷笑，拈起我的下巴，讓我不得不直視他的眼睛。

他俊美臉龐浮現出邪魅的表情，幽幽地說：「你都知道些什麼，又爲甚不去告訴你姑父？元清鎖，你對我如何，我心裡很清楚。呵呵，果然是跟從前不同了，竟懂得用這招欲擒故縱來吸引我！」說著，兩片灼熱的薄唇就向我壓來。

我又驚又懼，原就滿懷委屈，此刻也不復方才逞強時的氣勢，認命地閉上眼。溫熱的淚水簌簌而下，滴在他手上，激蕩起一星細碎水花。

宇文邕眸裡瞬間閃過一絲驚忡，不由得停住動作。我凝淚的睫羽瑟瑟抖動著，身體也在發抖，哀怨又驚恐地愣看著他。

見我這個樣子，他臉上浮現一絲不耐煩，狠狠甩開我，聲音裡全是諷刺與不屑，「哼，欲擒故縱貴在恰到好處，縱得多了，反顯適得其反。」

我渾身綿軟無力，失去了他手臂的支撐，緩緩順著牆壁癱坐到地上。

他竟以爲我還在使那個「欲擒故縱」！可是此時的我，受了這番驚嚇，想發怒也嫌中氣不足，再啓口已帶了哭腔，「我不過是想走而已。你既然不喜歡我，既然這麼討厭我，爲什麼要留我在身邊？放我走吧！我答應你，我走了之後就不會再回來啦。」

宇文邕聞言，回頭凝視了我少頃。他目光複雜幽冷，漠然說道：「讓你消失的辦法多得很，可現在還不是時候。你當我司空府是什麼地方，豈容得你說來就來，說走就走！」

我閉上眼，深吸一口氣。可惡的宇文邕，難道你就非要逼得我走投無路麼？我恨恨地看向他，一字一頓地說：「宇文邕，你別逼我。」

宇文邕走到我旁邊蹲下身，再度揚起一抹邪魅冰冷的笑容，「元清鎖，是你在逼我！要是你方才不說那番激怒我的話，或許我還能夠放你走。可是現在，哼！除非我點頭，你這輩子都別想離開司空府！」

他話一說完，便狠狠抓住我的手腕，一把將我從地上拽起，拖著我朝城門內走去。

我又驚又怒又絕望，連說話的力氣都沒有，彷彿虛脫了一般，腳跟沒站穩就整個人朝地上栽去。宇文邕及時攬住搖搖欲墜的我，見我目光茫然不似作僞，輕哼一聲後將我橫抱到馬上。二人共乘一騎，我就這樣被他半擁著，朝宰相府的方向行去。

此時已經完全天亮了，漫天的星辰隱沒，旭光劃破長空，綻放出晝間最初的光亮。

原本我還滿心歡喜地期盼著以後的生活。

原本我還以爲蘭陵王會來帶我走。

原本我還沒有這麼討厭宇文邕。

原本我還跟他舉杯道別，以爲日後都不會再見。

哪知一夜之間，整個情況都翻轉了。

此刻的我，木然地靠在宇文邕懷裡，垂眼望著地面，只覺前方那條灰暗無光的青石板路，長得彷彿不見盡頭。

5

「清鎖小姐，司空大人讓我傳話過來，說是馬上就要開宴了，有請小姐。」侍女在門口說道。

我在帳子裡答應一聲，又躺了好一會才懶懶起身。

這幾日心中激盪，老大不願見人，元氏派人來時，我也只稱身子弱，病還沒全好，鎮日侍在房中。可是這次，宇文邕親自派人請我赴宴，我又怎能不去？

坐到妝臺前攬鏡自照，鏡中人面容蒼白，眉清目秀的臉孔上籠罩著一層憔悴之色，長長烏髮披散在背後越顯楚楚可憐，嘴唇幾無血色。

宇文邕，他八成就想看到我現在這副慘樣吧？我凝視自己身影片刻，用力抿了抿嘴唇，兩片櫻唇這才顯出點血色。我揚起嘴角，練習著展露粲然笑顏，然後拿起梳子梳順長髮，又挑了支與紫水晶耳環相襯的紫玉鑲珠蝶翅釵，在腦後綰個髮髻，幾縷碎髮垂落耳際，人頓時顯得有精神不少。

我特意挑了件紅色蝴蝶暗紋的水袖紗衣，這樣喜慶又嬌媚的顏色，應算是一種示威吧。我滿意地打量鏡中的自己，待要走出門口，又停頓了一下，若有所思地回頭望一眼妝臺上的菱花銅鏡。

這幾日，宇文護已按照無塵道人的建議，把府中所有鏡子都細細檢查了一番，仍沒找到周身無一絲鏤花紋理的青鸞鏡。話說這個年代的大戶人家，用的鏡子背後皆刻有鳳凰、麒麟、菱花等代表祥瑞的圖飾，可青鸞鏡是由瑤池水沖刷而成，是以周身光滑如玉，幾無半絲紋路。青鸞鏡的這項特點我當然知道，不過暗暗找遍了整座宰相府依然一無所獲。

可是無塵道人……他為何會對青鸞鏡這般瞭解呢？我總覺得他是個來歷不明的狠角色，不過這節骨眼下也無暇顧及，我輕歎口氣，調整好表情甫踏出門去。

我到場的時候已有些晚了，今日是宰相宇文護慶祝在宰相府給無塵道人興建高閣而舉行的家宴。聽說那棟閣樓是仿照崑崙山頂的「玉虛觀」建造的，取名為「無塵閣」，看來宰相大人是真想留著道人在府中長住了。

道家偏好清靜，是以這宴席也未請太多人。我笑吟吟走進門，跟在座各位請了安，望向無塵道人說：「清鎖來遲了，不過事出有因，還請道人見諒。」說著揚起手中的卷軸，輕輕鋪展開來，「爲賀道人新閣動工，清鎖備了薄禮，不知可合道人心意。」

兩件華麗精緻的卷軸上，用娟秀字體分別書道：「齊萬物兮超自得／委性命兮任去留」。我的毛筆字可是名師教出來的，堪稱纖細婉麗，爲了配合這詩句的意境，我還特意寫得略狂放些，想來應當不算太差。

「道人雲遊四海，眼界和心胸皆非常人可比。唯有嵇康的魏晉風流、道家箴言才襯得上，清鎖拙作，還請道人笑納。」我將卷軸收好，親自交到無塵道人背後小童的手上。

嵇康乃是千古名士，魏晉風流的代表人物，那詩句蘊含道家思想，且字面上又暗喻著，他放棄閒雲野鶴生活而入住宰相府，實際上是一種更超脫的行爲。呵呵，這樣虛僞的高帽，對他應該很受用吧？

無塵道人聞聽我如此稱讚，似頗滿意自得。他捋了捋雪白的鬍鬚，含笑道：「夫人有心了。只是貧道老邁，哪及得上嵇康鶴立雞群。」接著像是說了什麼不得了的玩笑話，逕自大笑起來。

席間眾人紛紛陪笑。我倒是真心實意在笑，想說這老頭也真有意思，都六十多歲的人了，還妄想跟嵇康比容貌咧，估計也是得意忘形，才吐說出這麼個爲老不尊的冷笑話來。

眾人只道他狂放不羈，皆未在意。

「小姐的墨寶娟秀又不失剛勁，實屬難得，且是這樣的佳句，貧道定會將此作懸於無塵閣正門。光是看著，也會心生飄逸之感。」無塵道人捋鬚說，看來十分承我這份人情。

「道人不嫌棄就好。」我垂首道，心下不由暗喜。

目前我跟宇文邕鬧僵了，趁著還留在宰相府的時候，自然越討宇文護歡心越好。眼下宇文護視無塵道人爲上賓，我自然要連著他重視的人一同討好，況且這無塵道人來歷未明又會法術，我更不該輕易與之爲敵。

然而，最近的好處還在這席上。

我端坐紅木椅，側頭含笑瞥了瞥宇文邕。他瞧見我盛裝出席，本就露出詫色，如今又見我這樣談笑風生刻意拉攏無塵道人，目光略帶探究地回望我一眼。

不過他也是個演技不差的狠角色，轉眼間已轉換成溫和表情，夾了一截竹筍到我碗裡，閒話家常地說：「看你面色不錯，病全好了嗎？」

「有司空大人悉心照顧，清鎖才好得這樣快。」我笑得十足粲然。

他微微發怔，一時說不出什麼，只也含笑看我。

元氏意味深長地瞅我一眼，面露滿意之色，想必以為我不負她所望，與宇文邕的關係轉好。她哪裡知道，我與他此時才算是眞格的「針鋒相對」。

「對了，道長可還記得，那日您曾說司空大人面相殊異，定非凡夫俗子？」我不再看宇文邕，擺出忽然興起的模樣微笑問道。

「記得。」無塵道人似未想到我會突如其來問起這事，稍頓了頓才應答。

「敢問道長，司空大人之相是怎樣個不凡呢？」我抿了口茶，一臉天眞地追問。

「這……」無塵道人沉吟有頃，目光不經意地掃視過宇文護和宇文邕，一時之間答不上話來。

「嗯，司空大人果是天庭飽滿、地閣方圓呢……」我佯裝打量著宇文邕，喃喃自言說：「其實妾身對面相亦略曉一二，司空大人這面相看起來像是……」我微微眨眼，探詢似地望向無塵道人。

「至貴之容，帝王之相。」無塵道人遲疑片刻，甫沉聲答道。

無塵道人自然曉知宇文護在朝中是何等地位，也清楚宇文邕和宰相大人之間的關係，在宰相大人面前道出這番話，當然對自己半點好處也無。元氏也詫然掃了我一眼，想必是心中疑惑，方才還玲瓏乖巧的我，怎會引出危害自己夫君的話。誰都知道，當今朝中由宰相宇文護獨掌大權，其所扶植的皇帝純不過是個傀儡，說殺就殺，遑論區區一個司空。更何況，像宇文護那樣的人必是多疑多慮的，最會防患於未然。

宇文邕臉色稍沉，拿複雜眼神睇看我，隨即恢復平和低頭夾菜，彷彿沒聽見似的。宇文護同樣面色如常，眼中卻是陰晴不定。

宇文護面朝無塵道人，深不可測的目光卻照向宇文邕，笑道：「是嗎？這帝王之相，可不是常人能有的。」語氣平穩卻透出陰沉，連我聽了都不禁心中一抖。

宇文邕抬起頭，正待說些什麼。我驀地搶先開口，不以為意地笑說：「書上說劉備天庭飽滿、地閣方圓、雙手過膝、兩耳垂肩，是為帝王之相，咱們司空大人不過占了兩樣。這款面相，十個人裡總能找出兩個，想來只是福澤深厚，帝王之相就稱不上了。妾身倒以為道長口中的面相不凡，是說司空大人紅鸞星旺，命犯桃花呢！」

我瞠了瞠宇文邕，狀甚委屈地望一眼元氏，又楚楚睇向宇文護，道：「姑父、姑母可得替清鎖作主啊，聽說司空大人又看中府中的兩名歌姬……常言說『只見新人笑，不聞舊人哭』，清鎖往後眞不知該如何自處。」說著一努嘴，把筷子輕擱放在桌上。

眾人見我竟是拐著彎耍小性子，都無奈地笑笑，氣氛無形中緩和不少。元氏以為我存心爭寵，假意責怪道：「清鎖，姑娘家當著外人說這樣的話，也不嫌害臊。再說男人三妻四妾亦然正常，何況你嫁過去也沒爲邕兒生下個一男半女的，他自然要找別人了。」

我雖是在演戲，聽了這番話，臉頰亦不由一紅。

宇文護神態漸復平和，立時接著元氏的話，「你這姪女可越發厲害了，把狀告到我這裡來，教我管也不是、不管也不是，倒讓無塵道長看笑話了！」

無塵道人方才收了我的禮，對我印象合該不差。他捋了捋鬍鬚，笑應：「貧道也非外人，再說清鎖姑娘與司空大人鶼鰈情深，著實令人生羨。不過夫人你雙目凝波浮水乃是雙桃花眼，容貌雖非傾城，卻注定會碰到多情的至貴之人。」

什麼？桃花眼？我聞言又是一窘，面上緋雲滾滾。

我怏怏啓口道：「怎麼大家淨取笑妾身？我只是個侍妾罷了，哪配跟他稱甚夫妻呢？」

「呵，好大的酸味。」宇文邕適時開口，親暱地把一根陳醋菠菜餵到我嘴裡，一手攬住我的肩，以寵溺口吻說：「我日後會多疼你些的，不許再胡攪蠻纏了。」

我被他摟住，身子一麻，口中味如嚼蠟，面上卻暗藏機鋒地望著他的眼，嫵媚笑道：「那就要看司空大人你的表現了。」

宇文護見我與宇文邕如許親密，微微怔愣，隨又滿意地笑笑。方才緊綳的氣氛便被這樣含混地一筆帶過。其實他對宇文邕，何嘗不是小心提防著，不過是拿捏分寸的問題罷了。我這樣挑起波瀾又替宇文邕壓下去，無非是想讓這傢伙知道，對於他的未來，我元清鎖是有些分量左右的。

就在這時，門口忽然有下人報道：「顏姑娘回來了，急著要見老爺和夫人呢。」

顏婉回來了？我心中浮起一絲狐疑。那日宰相府上下全都病倒，按無塵道人的說法是什麼「邪靈入侵」，可誰知道實際上是怎麼回事？怎會那麼趕巧，她偏偏那個時候去城外省親，直到風平浪靜了才回來？

顏婉的老爸現任經略節度使，算是戍守邊防的重要官員。宇文護對顏婉一向親厚，示意讓她入內。

「宰相大人……夫人……」只見顏婉神色焦急地衝進來，掃視周圍，妙目深深望了一眼宇文邕，轉向坐在主位的宇文護說：「婉兒剛回到姨娘家，就聽說宰相府出了事，隨即快馬加鞭地趕了回來……」語罷撫了撫胸口，長吁一口氣，「還好府中上下都平安無事。」

顏婉一邊揚手指向小廝剛抬進的兩只大木箱，說：「這是我特地帶回來的人參和鹿茸，心想給大人和夫人補補身子有益早日康復，也算婉兒略盡綿意。」

「好，你有心了。」宇文護淡淡言道：「婉兒，快見過無塵道長。這次多虧有道長，我們宰相府才能逃過此劫。」

顏婉目光落到無塵道人身上，一副不勝感激之狀。她盈盈拜下，誠懇說道：「婉兒多謝道長，如此救命之恩，婉兒日後定當竭力相報。」

無塵道人微微頷首相應。

好一個「救命之恩」、「竭力相報」啊！我心中竊笑，這可碰到一個比我還會賣口乖的啦。這次事件她本來就未受害，卻說成是「救命之恩」，言下之意便是把宰相府當成自己家，把宇文護等人的命看得跟自己的命一樣重要。

宇文護聽了果然高興得不得了，微瞇著眼說：「過來一起坐吧。」

話音未落，便有手腳麻利的下人添了把椅子，正好放在宇文邕旁側。顏婉面露羞澀，兩人相視一笑，她才款款落坐。

我只當沒瞧見，心中冷笑一聲，宇文邕啊，你不是眞的看上她了吧？哼，那我就偏要搗亂，偏不讓你們兩個在一起。

於是我手腕一抖，湯碗便砸落到宇文邕臂上。我佯裝大驚，急忙撩開他浸濕了的衣袖。那湯溫度並不是太高，卻還是將他粗壯的手臂燙出一道道紅印來。

我裝出心疼的表情，說：「都怪妾身……請司空大人隨我回房擦點燙傷藥吧，清鎖向來手拙，所以總是隨身預備著各種藥。」說完窘迫地笑笑。

眾人聽我最後一句自嘲的話，都笑了。元氏那廂也搖頭笑道：「算你有自知之明。快去吧，別把邕兒燙壞了。」

我低頭陪笑，目光掃過顏婉失望的臉，心中騰起一絲快意。顏婉才剛坐到宇文邕身邊，他卻被別的女人拉走了，她鍾情他許久，應該會覺得很失落吧。

只見顏婉略顯尷尬，轉頭望向別處，正好瞥到無塵道人的方向，二人的目光相接片刻，卻又飛快錯開。

我替宇文邕扶著袖子，兩人並肩走出房門。方才惡作劇的快感漸漸消退，一種不明朗的感覺湧上心頭，就好像心中閃過了某件很重要的事情，卻又模糊得看不清輪廓。

第五章　山重水複疑無路

「這句話正是我想說的！」我怒極，仰起頭直直看著他的眼睛，憤恨地說：「宇文邕，你給我聽好了，我從來就沒有對你動過半分情，以前沒有，現在沒有，以後更加不會有！」宇文邕聞言呆愣住了，似是沒想到我會這麼說，握著我的手也不由得放鬆。

1

走出西苑，穿過了一扇月牙門，前頭就是梨園了。滿園滿樹的梨花在夕陽斜照霞光裡，如緋紅的雪花翩翩飄落。

「哼，分明是故意的，還裝模作樣帶我去上甚的燙傷藥。」宇文邕沉下臉，一把甩開我，冷冷地朝碧梨池走去。

碧梨池是梨園中的池塘，因池水碧綠通透又漂滿梨花花瓣而得名。我對他的敵意早已習以爲常，若無其事地跟過去。環顧四周，我不禁暗暗咋舌，這宰相府當眞富可敵國，不但大得出奇，而且處處都是風景。

宇文邕坐到池邊的大石上，將燙紅的手臂浸入沁涼池水中。微風拂過，吹皺一池碧水，花瓣漂浮如萬千雪片，暗香湧動。林間又有花瓣紛紛揚揚從高處飄落，散在他烏黑的髮間。

不得不說，宇文邕確實生得一張俊美無比的臉，直挺的鼻梁，深邃幽黑的星眸，線條優雅的薄唇，遠遠看去就像一尊完美理想的雕塑作品。此刻他身邊的景色卻是那樣柔媚，與他身上冷峻剛毅的氣息全然不搭。

遠遠看著這幅美麗的畫面，我不由得在心裡慨歎道，這麼一副好皮囊，老天爺給了他眞是糟蹋呀。我轉頭望向綠波蕩漾的碧梨池，在腦中追尋著方才那個一閃而過的念頭。

「好一句『至貴之容，帝王之相』呢。」

耳畔忽有沉沉的聲音響起，我嚇了一跳。

宇文邕不知何時已經站到我身邊，袖子滴淌下的水珠落在我的裙裾。他面無表情地俯視著我，目光泛著一絲寒意，劍眉微挑，「你以爲憑你幾句話，就能影響我的安危嗎？」

我驀然從沉思中驚醒，心想眞不該跟他獨處，讓他逮住了機會翻舊帳。迎上他迫人的目光，我心頭不由掠過恐懼，面上卻不肯示弱，揚著下巴笑道：「區區幾句戲言，哪能影響到司空大人您的安危呢？不過是場把戲，聊以解悶罷了。」

見我這副不知天高地厚的樣子，宇文邕面色一沉，有力的手臂忽然自後扣住我纖細腰肢，一添勁已將我抵在胸前，細細端詳著。他的目光極具穿透力，我強抑住想要逃開的衝動，直直回望著他。半晌，他抬手輕拂我的眼角眉梢，修長的手指略帶粗糙，劃過細嫩的肌膚漾起微微痛感。

「你的眼神確實跟從前不一樣了，那老道說這是桃花眼，想來還頗眞恰當。」他口中突然吐出的言語中，竟透幾分感慨。

看到他那副居高臨下的鬼樣我就火大，立時怒沖沖瞪視他一眼，身子激烈動了幾下想要掙脫他的懷抱。可惜兩人力量實在懸殊，在他有力的臂膀之下，我嬌小的身軀依然被他攥得紋絲不動。

宇文邕似乎被我掙得不耐煩，俊臉上露出不屑的表情，「元清鎖，你到底想怎麼樣？往昔在司空府，你整日就只知道扮可憐博取同情，現下到了宰相府，又跟我沒完沒了地玩甚『欲擒故縱』。」他說話的同時，湊近了我。

男子的溫熱氣息迎面而來，搔癢似地縈繞在我耳際，戲謔的聲音無比接近地響起，「你不是一直鍾情於我嗎？那晚我要吻你的時候，你爲什麼哭了？方才那場家宴，又爲什麼要跟我示威？我越來越不討厭你了，你若乖乖聽話，或許我會好好疼你的。」語音落下時，兩片灼熱的唇忽地輕柔淺印在我臉頰。

我不由得渾身一顫，脊背上一陣發麻。雖然只是親在臉頰，我心中同樣羞憤交加，條件反射地一巴掌揮過去。然而歷史上的周武帝豈是那麼好打的？我連他的頭髮都沒碰到，就已被他用力扼住手腕。

宇文邕臉色由方才寡淡的溫存轉爲暴怒，目光彷似要噴出火來，一字一頓冷聲說：「元清鎖，我的忍耐是有限度的。」

「這句話正是我想說的！」我怒極，仰起頭直直看著他的眼睛，憤恨地說：「宇文邕，你給我聽好了，我從來就沒有對你動過半分情，以前沒有，現在沒有，以後更加不會有！」

宇文邕聞言呆愣住了，似是沒想到我會這麼說，握著我的手也不由得放鬆。

我乘隙狠狠甩開他的手，撫摸著被他扼紅了的手腕，冷冷地瞥向他，「我今日所做的一切，無非是想告訴你，我知道宇文護在提防什麼，也知道你在掩飾什麼！他隨時可能對你起疑心，就像你隨時可能下手除了他！」

聽了我這樣直白的話，宇文邕渾身一顫，深邃目光看向我，面無表情，神色陰晴不定。

「我想跟你做個交易，這交易對你我都有好處。」我看著他的眼睛，淡淡地說。既然已經把話說到這個分上，我也不會再害怕什麼。這樣一想，語調反倒放鬆許多，「我……」我正欲繼續說下去，卻看見不遠處有個嬌豔的身影嫋嫋婷婷地走過來，一襲海藍色雲錦繡裙，髻上斜插個海棠步搖，垂著暗紅色的斜片流蘇。

果然是大家閨秀，衣著、配飾無不考究。這麼大的宰相府，值得她如此爲之精心打扮的，恐怕也只有宇文邕了。她的身影越來越近，我心中卻在一瞬間閃過無數個念頭，幾乎是下意識地，我忽然伸手抱住宇文邕，以一種無比親暱恩愛的姿態雙手環住他的頸。

宇文邕猝不及防地被我抱住，驚訝之下竟然渾身一震。

我側頭在他耳邊悄聲道：「別動，私人恩怨以後再算。」

宇文邕大概也聽到了腳步聲響，他背對著而看不到來者是誰，是以十分合作地沒有動，一雙大手回抱住我，引得我腰間傳來陣陣電流般的溫熱。我有些不自在，卻也忍住了。

我嫵媚一笑，故意提高了音調嬌聲道：「你答應我不再納侍妾進門的，可不許反悔哦。」

宇文邕不知我為何忽然說這些，微微一怔。

我忙又開口道：「我答應以後事事都順著你還不成嗎？總之不許再納妾進門了，不然我不會放過你，更不會放過她！」說完把下巴依在他肩膀上蹭了蹭，「再說你也只是圖一時新鮮，以後必定會冷落人家，最後苦的還是那些自作多情的女子。」

我說了一堆莫名其妙的話，宇文邕此時想必已是一頭霧水，身體似乎也有些僵硬。我這才抬起頭看向前方，裝出個剛剛發現來人的表情，一臉羞澀地從宇文邕懷裡跳開，說：「哎呀，顏姑娘……你怎麼來了？」

「啊，宰相大人讓我過來看看司空大人的燙傷嚴不嚴重……說要是嚴重的話，好趕緊去請大夫，可別耽誤了。」顏婉微顯尷尬，還有一股難以掩飾的濃濃醋意，「對不住呢，打擾二位的雅興了。」

宇文邕早已回過頭來，見到是她後頗有些瞭然地望向我，唇邊露出一抹戲謔的笑容，只閒立一旁，沒有說話。

「他啊，好得很呢。」我輕輕撫拍宇文邕的手臂，同時在心中飛快鄙視一下這樣輕佻的自己。我聲音帶甜，眼神中卻蘊著一絲機鋒，挑了挑眉毛，「那就勞煩顏姑娘跟宰相大人說聲謝謝了。」言下之意就是，是你自己想來看他，還是別人讓你來看他，你自己心裡有數。

顏婉勉強地笑應：「那婉兒先告辭了。」說著朝宇文邕盈盈俯身行個禮，一雙妙目略帶幽怨地深深望了他一眼，轉身朝西苑的方向走去。

我若有所思地看著她的背影良久，心中迷茫一片，彷彿解開了個小疑團，卻牽引出一個更大的疑團來。

「怎麼，吃味了？」宇文邕戲謔地挑眉問我，唇邊揚起一抹邪邪的笑容。

我回想起自己方才主動抱他的情景，臉頰飛紅，沒好氣地說：「最難消受美人恩，你若是娶了她，我怕你吃不了兜著走！」

宇文邕黑眸微微一閃，沒有說話，只是保持曖昧表情凝視著我。

「她跟無塵道人並非初次見面。」待顏婉的背影消失在樹林深處，我壓低了聲音說道。

顏婉出現時，我才弄清自己心中一直隱隱困惑著什麼。顏婉方才進到屋裡，環顧四周，目光掠過無塵道人，卻未多作停留。一般來說，在一群熟悉的人當中忽然發現個陌生人，怎麼也該多看兩眼的……後來我跟宇文邕一起離開的時候，瞥見他們兩個人目光相接，顏婉卻飛快地轉移視線刻意避開，反顯得有些不自然。

雖說缺乏真憑實據，可是我怎樣說也是看過那麼多電影、電視劇的現代人，再加上特地留意了顏婉，所以能夠看出端倪。

宇文邕靜靜聽我述完，臉上沒有一絲驚訝，只是看我的目光更添了幾分深邃，他淡淡地啟口：「無所謂。越是複雜的東西，我就越有興趣。」

我心中暗自一怔，原來他也看出來了。我揚唇笑道：「不愧是司空大人，心思細密敏銳豈是我這小女子可比的，倒是清鎖班門弄斧啦。」

「不過呀，我對她可半點興趣都沒有。」我挑眉，一字一頓地說：「休想把她娶進門來擠對我！」我眼神含著挑釁，噘嘴瞥了他一眼，轉身朝西苑的方向走去。

曳地的暗紅色裙裾掠過滿地堆積的梨花花瓣，劃出一道長長的模糊弧線。我只覺宇文邕意味深長的目光凝在我背上，久久不散。

2

金獸香爐漫出裊裊青煙，薰香四溢。

無塵道人坐在梳妝臺邊，對著菱花鏡細細端詳著自己，不時牽動唇角，露出各種各樣的表情，含情脈脈地凝視鏡中許久許久，似是十分陶醉。那認眞的模樣，簡直比年輕女子更重視自己的容貌。

立在窗邊花架下的我，見到此番詭異的情景，心下微驚，背上滲出一層冷汗。原本是來拜訪他的，想看看能不能在談話中套出些什麼，爲顯得自己無拘無束別具一格，我還特意繞開了守門的兩個小童，哪知隔著雕花紅木窗就看到這一幅詭異畫面。無塵道人側對著我，像是忽然發現肌膚上有點什麼瑕疵，微一皺眉，把臉湊到鏡前，因爲太專注於照鏡子了，壓根沒發覺窗外有人。

「師傅，大師姐求見。」忽有小童走進來通報，我急忙閃身躲到廊下的柱子後面。

「呆子，我說了多少次啦，在這兒不准叫她師姐。」無塵道人戀戀不捨地將目光從鏡中挪開，不耐煩地罵道。他這時語氣竟然嗔得像個孩子，沒有半點在人前的那種端莊和嚴肅。

他徐徐轉過頭，我漸漸瞥到他的正臉，驀地張大了嘴巴，驚訝得幾乎要叫出聲來。

映入眼簾的，竟是一張白皙清秀，甚至有些妖嬈的年輕臉蛋。吹彈可破的肌膚，一雙細長靈魅的鳳眸，上挑如妖狐般的細眉，反襯著雪白頭髮以荊釵挽成的道髻，更顯得此景詭異難言。往日雪白的鬍鬚不見了，露出嫣紅櫻唇。乍看過去，面若煙雲且雌雄莫辨，透著不可思議的嫵媚，直看得我一陣心驚。

這時，顏婉已經款步走了進來，她懷裡抱著一只看起來很貴重的桃木匣，遠遠拜下，「顏婉拜見師傅。」

「嗯。」無塵道人懶懶應了，說：「這宰相府內人多嘴雜，不是教你沒事別往我這兒跑麼。」

「婉兒謹遵師傅教誨……只是婉兒剛得了幾件珍品，急於獻給師傅呢。」說著，她打開桃木匣，露出三層小抽屜，第一層放著四顆光芒耀眼的大珍珠，第二層是黑糊糊的不明物體，第三層則是支已具人形的人參。

我不禁暗暗咋舌，果然都是價値連城的珍品。

「這是南海珍珠、西域熊膽和雪山人參。把這珍珠磨成粉塗在臉上，可令肌膚光澤四溢。熊膽和人參一起熬湯，滋養寧神，具有由內而外的養顏功效。」顏婉一件件介紹道。

顏家果然富庶，這道人愛美，她就送這麼多養顏聖品給他，挺會投其所好哩。可她爲何叫他師傅？難道她也會法術？——我的忌憚不由又多了一層。

「嗯，你有心了。」無塵道人和顏回應，看來那些東西十分合他的心意。他命小童把桃木匣接過來，端詳片刻，說：「難爲你找這麼些寶貝給我。」

「能爲師傅效勞，是弟子的福分，弟子高興還來不及呢。」顏婉頷首，小心翼翼道：

「其實這些都是我在自家山莊搜羅來的。爹讓我傳話給師傅您，說上頭在催了，地宮可能近日有變……讓您拿了青鸞鏡就盡快趕回去。」

四周沉寂有頃。

忽聽「啪」的一聲，是桃木匣重重闔上的聲音。

顏婉嚇得打了個哆嗦，忙把頭埋得更低，道：「師傅息怒。」

「我香無塵好歹也是主公座下四尊者之一，你爹是什麼身分，也敢這麼跟我說話！還有妙音那婆娘，我是朱雀、她是白虎，還眞當自己高我一等嗎？」無塵道人方才纖細好聽的聲音陡然淩厲起來，連我聽了都渾身一顫。

「師傅恕罪！我爹他也是一時糊塗，請師傅莫見怪！」顏婉誠惶誠恐說道：「只是妙音仙子算出地宮有變，催得緊了，又遲遲無青鸞鏡的消息，他爲我們擔心罷了。」

無塵道人靜默片刻，倨傲目光掃過她的臉，聲音緩和許多，「青鸞鏡的事我自有分寸，以後不許再提。倒是你背著你爹，給我拿來這麼多寶貝，又是爲了什麼？」

顏婉聞言，知道無塵道人並未眞的遷怒於她。她面帶喜色，起身走到無塵道人背後輕輕給他捶著背，細聲說道：「徒弟的心思，還能瞞得過師傅嗎？上次師傅施往生咒之前都肯給我一份解藥，更何況現下師傅在宰相府已是位高權重……還請師傅給婉兒作主。」她臉上浮現出一抹動人的紅暈和嚮往之色。

解藥？我腦中倏地冒出那日她在樹林裡給宇文邕蓮子羹的情景。靈光一閃，終於明白爲何府中上下全都染病，獨獨宇文邕安然無恙了。

「跟我你還繞彎子，直說不就得了。哼，要不是你私自利用傀儡咒去害情敵，宇文護早在我們掌控之下，還用得上往生咒麼。」無塵道人語氣淡淡，斜睨了她一眼。

「師傅恕罪！」顏婉臉色微變，急忙伏在地上請罪，「元清鎖誤打誤撞，差點壞了師傅的大事，弟子沒能及時阻止，是弟子的錯！」

「你推得倒乾淨。」無塵道人哼了一聲，眼中閃過一絲不悅，「是她誤打誤撞，還是你借刀殺人，你自己心裡清楚！」

「弟子知錯！」顏婉神色乍變，但也不太驚慌，只是不停認錯，不再分辯。

「過幾日我就跟宇文護說說，讓他把你指給宇文邕。」無塵道人面色稍緩。

看來無塵道人對這徒弟很是疼愛。

「謝師傅！」顏婉面露喜色，俯身行禮道謝。她頓了頓，又道：「可是，婉兒還有一事相求。」

「怎麼，想讓我給你除了元清鎖那丫頭？」無塵道人瞇眼看她，懶懶問道。

顏婉先是一副咬牙切齒狀，後才頷首作揖道：「師傅料事如神，婉兒佩服！」

乍聽見自己的名字，我陡然一驚，更加小心調整呼吸，告誡自己絕不能被他們發現。

「呵，宇文邕府裡那麼多鶯鶯燕燕，你殺得完嗎？而且依我看，他們兩個感情並非眞的那麼好，純粹是在人前作戲罷了。」無塵道人擺弄著水蔥般的修長手指，揚眸說：「再說那丫頭我實不討厭，先留著她吧。你來得正好，陪我去皇宮瞧瞧。皇家是聚斂寶物的地方，或許妙音那婆娘算錯了青鸞鏡的方位亦未可知。」說著朝旁邊斜睨一眼，立即有小童上來幫他黏好雪白的眉毛和鬍子，還有額頭上的細細皺紋。待化好了妝，才到門外叫侍衛進來，用兩根木杖撐起無塵道人所坐的藤條椅，構成一套簡單的肩輿，晃悠悠抬著走出院落。

「是，師傅。」顏婉面上閃過一絲不甘與失落，卻不敢再表露，只低聲答道，起身跟在肩輿後面走出門去。

直到他們走出很遠很遠，院子裡只剩下我自己，靜得可以聽到心跳聲的時候，我才從門廊柱子後的花架下閃身出來。背上衣衫早已被汗浸濕，黏稠的一片涼意。因爲聽到了太多祕密，所以雙腿也變得沉重起來，強打精神才走出這院子。

香無塵，四尊者，地宮……香無塵到底是什麼身分？顏婉口中的妙音仙子又是誰？

原來事情遠非表面所見這麼簡單，這個愛漂亮的道人背後還藏著一股龐大而神祕的勢力。跟顏婉幾次過招，其實我只是不想她嫁進來，並無加害之意。沒想到她竟然恨我入骨，已經想置我於死地。

聽無塵道人方才的口氣，似乎要我的命就跟踩死一隻螞蟻一樣簡單。

他背後有哪些人？又憑什麼對青鸞鏡志在必得？

我逃也似的回到自己房內，驚魂未定地大口大口喘著氣，只覺自己彷彿被層層黑霧給包圍，看不清方向，亦毫無還手之力。別說是保護青鸞鏡的使命了，恐怕就連保住自己這條小命也難吧？

可是即使丟掉性命，我也必須要執行端木家的使命啊！

倘若有人濫用青鸞鏡的能量，便可能扭轉乾坤，使天下大亂。而歷史就像多米諾骨牌，牽一髮而動全身，如果歷史不能順其特定的軌跡行進，那麼其後建立在這基礎上的一切皆可能化為烏有。

過去一旦改變，未來即會跟著改變。那世上會不會有我端木憐這個人，也將成未知數吧。所以，身為端木家的繼承人，為人、為己，我都要守護好青鸞鏡。

窗外更添露重，寒意漸濃。我獨坐窗臺，內心深處卻不斷湧出強烈的無助感。

眼前浮現出那副猙獰的銀色面具，心中半是溫暖、半是失落。我不由環抱住自己，嬌小的身軀瑟縮著，倍感淒涼。

有誰知道此時此刻的我，真的、真的好害怕。

3

睜開眼睛，映入眼簾的竟是粉紅色的牆壁、乳白色的窗簾、淡黃色的書桌，桌上還放著那本我所鍾愛的《飲水詞》。

恍然發覺自己正躺在一張舒適柔軟的大床上，枕邊堆著好幾個玩偶，房間裡瀰漫著久違了的蘭蔻「真愛奇蹟 Miracle」香水味。

我……回家了嗎？我又驚又喜地坐起來，怔怔地步出房間，沿著大理石迴旋梯走下樓。熟悉的客廳中，爺爺躺臥在陽臺邊的籐椅上讀報，爸爸媽媽也旅行歸來，正窩在沙發上看電視，旁邊放著幾只大箱子。

我呆呆望著眼前的情景，眼眶驀地一熱，喉嚨中一陣哽咽，一時間竟吐說不出半句話。

就在這時，爺爺、爸爸和媽媽一起回過頭來看我，表情慈藹溫和，眼神中充滿了堅定和鼓勵。

爺爺露出意味深長又慈愛的笑容，說：「小憐，勇敢一點，我們一直都在這兒。」

我心中一暖，淚水霎時模糊了視線，伸出手不顧一切要去抱他們，腳下卻失足踩空，身體遽然下墜。

猛地坐起身，我睜開雙眼，方才那股真真切切的下墜感猶存，顯現在眼前的卻是另一番景象。雕花的紅木窗，暗紅梅花紋梨木桌椅，桌上放著鎏金麒麟形的銅製燭臺，榻邊層層輕紗薄幔輕飄，藍色繡鳳綢緞薄被搭在我身上，舒軟無比。

我心中掠過一絲失落，用手背擦擦額頭上的汗珠，起身走近窗邊。

連日來下了幾場小雨，空氣中充滿濕潤泥土的味道，推開窗子，一陣清爽涼風迎面吹送。我忍不住閉上眼，張開手臂深吸了口氣，頭腦頓時清醒許多。再睜開眼時卻看見一道頎長的人影立在我窗前，那人錦衣金冠、面目俊美，正是宇文邕。

他怔怔地看著我，似已把我方才那一刻的惆悵與舒展盡收眼底。見我訝然望著他，他面上浮現一種複雜神情，墨眸喜怒莫辨，輕挑劍眉，淡淡說道：「走吧。今日，將有一場好戲看。」

爲了搭襯宇文邕的裝束，我特意揀了套墨藍色鑲銀線的暗碎花長裙，配鑲玉墜銀色流蘇的耳環。我盈盈走在他身側，看起來頗有幾分琴瑟和諧之感。兩人並肩行至北苑的玉金殿，只見殿門大開著，有涼爽之風繞梁拂過，夾雜著一絲醇醇酒香。

宇文護在玉金殿這等隆重地開宴，應該是有大事發生。

我跟宇文邕分別向眾人問了安。宇文護狀似心情頗佳，指了指右側下首位置，笑道：「你們兩個穿得倒般配，今日是邕兒的喜日，想來清鎖也會為他高興。」

我一愣，下意識地轉頭瞅看宇文邕，他卻一臉若無其事的表情。我心中不禁疑惑，遂僵硬地笑笑，朝宇文護微微頷首，算是答話了。

我抬眼看見無塵道人正坐在左側上首位置，顏婉坐在他旁邊，一襲粉紅色桃花紋輕紗芙蓉衫，看起來十分喜慶。臉上化了濃妝的顏婉尤顯嬌豔動人，她羞澀地抬起眼看向宇文邕，雙目脈脈含情。

「無塵閣剛建了一半，道人就要走了，真是十分遺憾。」元氏一臉惋惜，舉杯道。

我抬起頭來，倏地一怔。方才心中有種不好的預感，故只顧低頭吃菜，並未太過留意眾人的言語。無塵道人要走？乍然聽到這一句，我還以為是自己聽錯了。

「今日設此盛宴，原是為道人餞行的。道人有要事在身，我等也不便挽留。」宇文護聞言，也轉頭望向無塵道人，有禮地說。

「貧道雖然心中無塵，可身在擾攘浮世，終也達不到了無牽掛之境界，總有些不得已的牽絆。」無塵道人悠然說道。話說得冠冕堂皇，卻並未道出具體事由。

原來這場宴會是要給他餞行的。我微微驚詫，心中隨即生出一股如釋重負的快意，這個來歷不明的危險人物走掉，我的威脅自然會少一些。揣測他離開的理由，恐怕是他口中那神祕的「地宮」出了什麼事吧。

「道人藝高，自然身繫萬千眾生的福澤。責任大了，牽絆自然也多。清鎖代天下人敬您一杯。」我心中喜悅，舉杯說道，笑容發自內心更添燦爛。

「呵，這丫頭嘴可真甜。」無塵道人大悅，瞇著眼睛朝我舉杯回應，相當給面子地一飲而盡。

「清鎖此次回來，倒是乖覺伶俐了不少，想來日後也會與婉兒相處融洽。」宇文護笑著接口道。

我聞言一怔，酒杯剛舉到唇邊，不由得停住動作。

「嗯，顏姑娘與司空大人有姻緣相，八字又合，乃是命中注定的金玉良緣。大人不如就成全了這對美眷。」無塵道人笑道。

想必兩人早已經通好氣，只是挑現在這場合說出來而已。

「其實我也早有撮合之意，正好道人今日提起。你我二老就給他們作主，也算是結了姻親呢。」

我心中暗哼一聲，既能與掌握兵權的經略節度使結親，又能籠絡無塵道人，表面上看是一舉兩得，殊不知這無塵道人來歷不明，此舉實是引狼入室。

宇文護一邊說，一邊轉頭望向宇文邕，「顏姑娘才貌雙全，邕兒亦定會喜歡的吧。」

宇文邕戲謔地看我一眼，唇邊揚起一抹淺笑，「多謝皇叔美意。」

看樣子，他也早知曉這個安排了，難怪會說有好戲看。看來整個宴會上，唯一剛剛才知道的人就是我了。

我心中不由躥出一股怒火和懼意，司空府已經有了個媚主子，若是顏婉再進門，我哪還有好日子過。偏偏這是宇文護的意思，我也不好再說什麼，只略帶猶疑地望向元氏，目光中透出求助的意味。

元氏瞥見我的表情，開口道：「我們清鎖知書達禮，也不會在這個時候耍小性子的，是不是？」

我有苦說不出，只好僵硬地笑著點頭。

「不過啊，入門有先後，算來婉兒還應該叫你一聲姐姐。邕兒也非喜新厭舊的人，日後你姐妹二人雨露均霑，想來應不會厚此薄彼。邕兒，你說是不是？」元氏望向宇文邕，含笑問道。

「那是當然。」宇文邕伸手將我攬在懷裡，輕輕摩挲我的肩膀，「清鎖對我情深意重，人又溫順可愛，我怎麼放得下她。」說著，佯作含情脈脈地看著我，眸子裡全是戲謔。

我面上淺笑著，眼中目光卻是怒得可以殺人。溫順可愛？哼，說的全是反話。

宇文邕見我這副樣子，唇邊揚起一抹邪邪的笑容，似顯愜意。

見我跟宇文邕如此親近，顏婉臉上不由有些訕訕，心中對我的厭惡怕是更深了一層，面上卻含羞笑道：「日後還請清鎖姐姐多多關照妹妹。」

我壓抑住心中的反感，正色道：「婉兒妹妹善良敦厚，無半點害人之心，能與妹妹這樣的人才一同伺候司空大人，清鎖高興還來不及呢。」旋舉杯朝向宇文護和無塵道人，「恭賀姑父和道人結成姻親，喜氣盈門。」又轉頭看著宇文邕，揚了揚唇角說：「恭喜夫君再得佳人。」

這是我頭一次喚他夫君，事實上我只是無名分的侍妾而已，原本是沒有資格喚他夫君的。這樣說，無非是喊給顏婉聽的。既然和她槓上了，就只有一直槓下去了。

無塵道人見前幾天還鬧著不許宇文邕納妾的我竟是這種反應，眼中多了絲玩味和欣賞，開口道：「顏姑娘不如盡快回娘家省親，等著司空府正式下聘。宰相大人到時便會爲你主禮。貧道此次西行，正好可以護送你一段，不如明日一同啓程。」

「婉兒聽從道人安排。」顏婉恭敬地回道。

明天就走啊？雖然日後顏婉嫁進來注定將是個永久性的麻煩，不過眼下我終於可以輕鬆一下了。我心念一動，問說：「那青鸞鏡呢？道人可有尋到？」

無塵道人聽我提起青鸞鏡，眸中瞬間閃過一絲狐疑。

我一臉無辜地回望著，復又道：「道人不是說那是不祥之物？還留在府裡，總是讓人無法心安。」

「諸位放心吧，貧道臨行前會在無塵閣四周下符，以保府中平安。」無塵道人面色恢復如常，「若然有青鸞鏡的消息，還請宰相大人派人赴崑崙山雲頂……」

無塵道人話說到一半，空中忽然傳來陣陣凌厲刺耳的琴聲，曲調奇特，讓人聽了心亂無比。桌上的酒杯劇烈顫動，紛紛砸落到地上，片刻後，連桌子也跟著劇烈搖晃起來。琴聲中挾帶一個充滿怨氣的女聲，「香無塵，裝模作樣回什麼崑崙雲頂？還眞當自己是道士了？你我十年之約，難道你忘了不成？」

4

我捂著耳朵，頓覺心中刺痛難忍。

宇文邕微微皺眉，卻遠沒有我這般痛苦。在座眾人面色各異，只有無塵道人面色如常，他輕拍一下眼前的小桌，隨後往半空一指，小桌應聲飛出，卻好像在半空撞到何物而轟然碎裂，木片橫飛，宇文邕揮袖在我面前一擋，將我護在背後。

琴聲戛然而止，半空中浮現出一把精緻的古琴，緩緩落下，弦上還落著幾片桃花花瓣。

一名美貌女子不知何時立於大殿中央，將那琴抱在懷裡。她著一襲粉白色素淨長裙，頭上綰著一枝桃花，打扮素雅，卻別顯妖嬈。碎髮垂在耳邊迎風舞動，尤顯得臉龐小如荷葉，白皙無瑕，嬌豔動人，竟然是比顏婉更加出眾的一個美女。

那女子定定地望著無塵道人，如水眼眸中湧起層層悲傷、哀怨、不甘、憤恨等複雜難喻的情感，隱約還有一層……思念。乍然面對面看著他，她唇角動了動，一時竟說不出話來。

琴聲歇止，我這才從痛苦中解脫出來，瞧見眼前的女子。

「桃花，別來無恙。」無塵道人神色淡然，目光掃過她時卻透出一絲似有若無的憐惜和歉疚，轉瞬即逝。

「哼，想不到你還記得我。」桃花微一咬牙，語氣冷傲，眼神卻是無限淒楚。

「許久不見，你的琴藝倒未見精進。」無塵道人瞥了我一眼，說：「越是懂音律的人，聽著就越痛苦。既然這樣，何苦再彈呢。」他微歎一聲，垂下眼簾不再看她。

「是呢。桃花自知再練十年，在你心中，也比不上妙音仙子萬分之一。」桃花收起方才那抹軟弱的表情，冷冷說道：「但是你欠我的，始終要還。」說罷，她一手抱琴，一手撥動琴弦，發出一陣雜亂而錐心的聲響。

我只覺胸痛難忍，彷彿有利爪一下一下撕扯著，痛苦得捂住耳朵，四處亂撞。

宇文邕慌忙將我抱在懷裡，見我痛苦難忍，隨手把眼前的酒壺擲過去，怒道：「別再彈了！」

酒壺落到半空，彷彿碰觸到她的琴音，砰然碎裂。

桃花見宇文邕如此護著我，眸子裡流露出羨慕和嫉恨之情，睇了我一眼，「倒是個懂音律的，看來造詣還很高呢。不過世間男子皆是薄情，信不過的！」說著朝向我，一掠琴弦。

我心中猛地襲來劇痛，懸掛在胸前的扇形玉珮霎時碎成粉末散在空中，身子一晃，噴出一口殷紅的血。

電光石火之間，只見無塵道人身影一閃，飛快來到桃花面前，桃花一怔，目不轉睛地看著他。二人面對面看著彼此，眼中各有各的波瀾。

無塵道人表情有些無奈，輕輕歎息道：「三個月後，悼念山見。我欠你什麼，你拿走便是。」

無塵道人的目光一向孤傲飄忽，彷彿什麼都不放在眼裡，淩厲之餘，偶爾還有幾分孩童般的率直，這是他第一次露出如此落寞的眼神，似是觸動了久遠的回憶，眸中含著一絲歉疚、憐惜、淡漠和隱痛，卻又那麼無能爲力。

桃花深深凝視著他，眼底似懷藏無限眷戀，以及因爲那些眷戀所演化而來的怨恨。她眼中隱隱有淚光閃動，微一咬牙，身影一閃，如她憑空而來一般，又憑空消失在這殿堂之上。

我見她走了，心頭不由一鬆，只見宇文邕正關切地看著我，爲我擦去唇邊的血跡。他輕聲問：「你怎麼樣？」

我捂著胸口，緩緩搖了搖頭，視線卻越來越模糊，驟覺得身子失衡，遂就軟軟地靠在他懷裡。

我半閉上眼睛，恍惚中只覺宇文邕橫抱起我朝殿外衝去，旋漸漸失去了知覺。

第六章　非雲非煙瑤池宴

「你……怪我嗎？」他的聲音微微飄忽，一雙星眸閃爍地望向我，隱約像是在期待什麼。當日我主動抱住他給顏婉看的情景還歷歷在目，我知道他所指為何。他這樣一問，我反倒覺得自己沒有立場怪他。

1

臉頰上傳來絲絲涼意，很是舒服，我睜開眼睛，原來是一個侍女正悉心幫我擦臉。

見我醒來，侍女欣喜道：「小姐，您醒了。」

我坐起身斜靠在榻上，接過她手中的帕子敷在臉上清醒一下，方語帶感激地說：「辛苦你了。」

「奴婢剛過來伺候，說不上辛苦。」古代階級森嚴，很少有主子對下人說謝謝的。這侍女年紀不大，臉上一紅，眼中流露出感激神色，「司空大人在這兒守了一夜，他才辛苦呢。」

依稀想起那日宇文邕對我的保護，我心中微微一動，隨口應道：「是嗎？」

「是啊，要不是方才宰相大人叫他去送無塵道人和顏姑娘，他恐怕還在這兒守著小姐您呢。」小丫頭一臉喜悅地回答，估計她是曾經伺候過元清鎖的，如今還以爲自己的小主終於守得雲開見月明。

我剛想說什麼，肚子卻咕嚕響了一聲，這才覺得腹中空空的。

「小姐餓了吧？我這就去廚房傳膳，小姐想吃點什麼？」她殷勤地問道，「小姐過去最喜歡吃桂花砂糖糕了，奴婢去準備一些吧。」

「嗯，有勞了。對了，除了這個，我還想吃鹵水鴨、醋溜魚、臘肉豆腐、陳醋炒白菜……」聽她那麼一說，我更覺得餓，一下子想到許多菜式，彷彿好幾天沒吃東西一般。

「胃口這麼好，看來已無大礙了。」門口傳來由遠及近的沉穩磁性男聲，宇文邕黝黑英挺的俊臉映入眼簾，唇邊掛著一抹舒心的笑容，口氣卻是淡淡。

「那你是不希望我胃口好呢，還是不希望我沒有大礙？」跟他頂嘴，幾乎已經成了一種習慣。我微一挑眉，頑皮笑道：「我這種吃法，不會把你吃窮了吧？」

那小侍女見此情景，早已笑著退出房門。

宇文邕原本板著臉，此時也忍俊不禁，說：「還貧嘴呢。要不是那塊玉珮替你擋了一下，沒傷到心脈，你還能這麼中氣十足嗎？」他微揚起唇角，諷刺道：「就數你跟那些樂師傷得重，看來精通音律也不是甚好事。」

提及音律，我不由想起那個名叫桃花的女子，她跟香無塵之間到底發生過什麼？那麼濃烈的愛憎，肯定有段旁人無法得知的刻骨銘心之過往吧。而她口中的妙音仙子又是怎樣的人呢？這名字我似乎曾在顏婉和香無塵的對話中聽過一次……

「不知那桃花是什麼人，以後還會不會再來大鬧宰相府？」我撇了撇嘴，喃喃自語般說道。

「那老道說，她是他以前收伏的一個小妖，當年不小心誤傷到她，她便從此記恨了。」宇文邕坐到凳子上，給自己倒了杯茶，淡然答道。

「有人信嗎？」我眨了眨眼，狐疑地問。從他們倆當時的眼神來看，事情哪可能這麼簡單哩。桃花是恨著他的，可那恨意也掩蓋不了眼中分明的愛慕。

見我這副表情，宇文邕忍不住笑意，唇角微揚，「旁人可沒你這麼多疑。何況人不風流枉少年，那老道也年輕過。」

我淺笑，歪著下巴挑眉道：「好一句『人不風流枉少年』！大人您這是以己度人，感同身受啊。」

宇文邕含笑瞥我一眼，沒有答話。

燭火煌煌，映得滿室呈現一片溫暖橘色。雕花紅木窗半開著一扇，一彎新月懸在樹梢，蟬聲陣陣，伴著夜風，捲來絲絲沁人心脾的花香。

這好像是我記憶中，第一次與宇文邕這樣融洽地相處。以往每次見面，他都是那款冰冷或暴虐的態度，而我偏偏又有些倔強，彼此之間說不到三句話就會翻臉吵起來。

「無塵道人和顏婉都走了，雖說只是暫時的，可至少能清靜一陣子吧。」我深呼一口氣，喃喃歎道。想必宇文邕並不知道香無塵有張妖豔年輕的面容，也不知道他背後有股神祕莫測的勢力。而他未過門的侍妾顏婉，也是其中一員。

「你……怪我嗎？」他的聲音微微飄忽，一雙星眸閃爍地望向我，隱約像是在期待什麼。當日我主動抱住他給顏婉看的情景還歷歷在目，我知道他所指爲何。

「我哪有資格怪你呢？再說，或許娶了她，對你來說是好事呢。」他這樣一問，我反倒覺得自己沒有立場怪他，「那日我偷偷潛入無塵道人的住處，聽到了一些我不該知道的話……還記得顏婉端給你的那碗蓮子羹嗎？那就是全府上下通通病倒，唯有你一個人安然無恙的原因呢。」

宇文邕眼中閃過一絲失落，光看著我，沒有說話。

「那顏婉對你倒是真心的。只是，恐怕她進門以後，整個煙雲閣的女子都要遭殃了。」我撐著下巴看他。

坐得太久有些累了，那侍女去傳膳遲遲還不回來，我餓得發昏，索性掀開被子，打算出去催催。可是我畢竟躺了一天一夜，還受了傷，雙腿軟軟的，腳下不由得一個趔趄……

宇文邕飛快起身，伸手扶住我的肩膀，停住一瞬，手卻忽然一鬆，還沒站穩的我往前一傾，整個人栽倒在他懷裡。

「只是這樣嗎？」他低沉的嗓音在我耳際響起，呼出宛若絨毛般的熱氣，「原來你在乎的，並不是我。」他的聲音飄忽，像責備，又像歎息。

這話語聽起來略帶曖昧，我掙了掙，想要從他懷裡掙脫出來，他卻順勢攬住我的腰，將我牢牢地箍在懷裡。

「我知道你純粹想保全自己，可是身處風口浪尖，哪有那麼容易得到平靜呢？齊國大將斛律光本是來和談的，卻被陳國大將吳明徹派人先請了去。若然陳、齊兩國聯手，我大周就岌岌可危了。」宇文邕抱著我的手臂猛地添勁，尖尖的下巴抵在我肩膀上，語氣中流露出幾分疲憊，「二人一同前來，恐怕此番不是議和，倒是示威了……明日皇兄將在宮中設宴款待他們，你我皆須出席。」

宴會，又是宴會，我已經對這種古代的無聊飯局感到深惡痛絕。

另一邊，則在腦海中搜尋回顧北朝歷史。從地圖上來看，陳與北齊乃以長江為界，荊襄及其西面是北周的領土。也就是說，這片疆域大體上和三國時東吳前期差不多。雖然陳國只是蕞爾之地，然而南方一向富庶，實力仍不容小覷。

此時約莫是陳國的太建三年，宣帝即位，經過文帝在位七年間不懈的努力，境內的大小軍閥大抵被掃平，國勢相對強盛了許多。從外部來說，北齊末年政局混亂，北周宇文護亦不思進取。陳朝在這段時期內不但能夠自保，且有多餘的力量發動北伐。

當眞是一波未平，一波又起。

「鴻門宴呀。」我不由吐出一聲歎息，輕聲接口道。一時任他抱著，不再掙扎了。

「要眞是鴻門宴，反倒給了他們出兵的理由……著實進退兩難啊！」他聲音中的不甘多過惆悵。

英明神勇的周武帝，此時收斂鋒芒、屈居人下，無法掌控國家大局，軍事才能亦無從施展，他身上隱隱透著一種壯志未酬的悲愴氣息。

因爲離得這樣近，近得可以聽到他一下一下有力的心跳聲。我清楚感受到他此刻的無助與疲憊，以及那股從不輕易顯現出來的深切寂寞。

而在我內心深處，又何嘗不是藏著同樣的無助、疲憊……與寂寞。

彷彿被某種莫名的相知相憐情緒所牽動，我忽然覺得好累，不想再掙扎了，只順從地把頭倚靠在他胸口，閉上雙眼，感受著這一刻他傳遞給我的溫暖。彷彿憩息在浮萍上的蜻蜓，飛得久了，累到想找個地方歇一歇。刹那間，竟有種天底下唯我二人相依爲命的錯覺。

他感受到我的變化，身子微微一顫，寬厚的手掌輕輕摩挲著我的背，將我攬得更緊了。

微風吹動燭火，晃動了地上互相依偎的一對儷影。天邊浮雲湧動，時時掩蓋住殘月原本就微弱的光輝。

夜風捲來的花香沖淡了房內金獸香爐所散發出的檀香味，滿室充滿清新的沁涼。

我們都累了。

這與其說是擁抱……不如說是取暖吧。

2

相比國外的形勢，宰相宇文護更看重國內的權力，想必一旦打起仗來，他的口號會是「攘外必先安內」。

所以那種吃力不討好的對外場合，宇文護是不感興趣的。他聲稱自己舊疾未癒，沒有進宮，只於臨走前隨意地吩咐我跟宇文邕一句，囑咐我們配合皇上見機行事，不要丟了大周的臉面。

元氏吩咐侍女給我化了濃妝，臨行前攬鏡自照，鏡中人肌膚晶瑩剔透，眉如遠山翠黛，唇色粉嫩嫣然，清純中透著一絲嫵媚。我不禁感慨道，不愧是夫人的丫頭，梳妝技術就是好。我到底是女人，哪有不愛美的，心中竊喜雀躍之餘，不免捧著鏡子照個沒完。然後我又錦上添花地用現代的化妝方法弄了睫毛、眼線等細微部分，在昏黃搖曳的燭光中，更突顯出眉目如畫。

只聽「吱呀」一聲，門扉被人猛地推開。我聞聲回過頭，乍見宇文邕背光站著，頎長的身影掩映在迷離的月色中。他看見我，一時間竟愣住了，直盯著我。夜色朦朧，我看不清他的表情，想來是在門外等得不耐煩，便自己進來催人。

「我……可以走了。」我細聲說，自己難得打扮成這樣，不由有些害羞。來到古代這麼久，我還從不曾如此盛裝打扮。我穿了一襲水粉色鑲銀線水袖錦衣，配乳白色芙蓉暗紋輕紗裙，頭上梳個側髻，綰著一支鳳凰鑲鑽金步搖，下面綴著小珍珠串成的斜片流蘇，整體華貴又不失嬌美。

「嗯。」宇文邕怔住片刻，應了一聲。他表情不似平時那般風流倜儻，看起來倒有些尷尬，微微側身讓我先行。

扶我登上車輦後，他坐到我身邊，瞄了我幾眼卻又不說什麼，無聲地轉頭望向窗外。

「如果……今晚你我一切順利，你就跟我做個交易，好不好？」我率先打破這場寂靜。那晚短暫的軟弱表現過後，我仍得爲自己打算，按照心中計畫一步一步走下去。

「原來到了現在，你還記掛著要跟我做甚交易。」宇文邕轉過頭來看我，面色一黯，眸子裡閃過一絲受傷的神色，旋又恢復如常。他俊臉上露出個輕浮的表情，遽然抓起我的手放到唇邊，語帶曖昧地說：「我還以爲……經過那晚，你我之間會有什麼不同的。」

我側頭看著他，微微一怔。

「或者……那晚我沒留下陪你過夜，你生我的氣了？」宇文邕輕吻我的手背，目光輕佻，神色浪蕩，「今晚我就好好陪你，也讓你姑父姑母瞧瞧我們有多恩愛。」說著，眼中閃過一抹不屑和怒意，俯身吻向我的脖頸。

我慌忙側頭躲過，雙手用力將他推開，忿忿地瞪了他一眼，立時轉頭望向窗外，不再說話。

方才有那麼一瞬間，當他眼中閃現受傷神色，我竟覺得他對我是存著一分眞心的。如果沒有後面那些輕佻的話，我或許會於心不忍，或許也會覺得我們之間的關係確實變得不同以往……

我不由得暗自嘲諷自己，難道還眞以爲這個爲了帝位臥薪嘗膽，深沉莫測又風流倜儻的男人，會對哪個女子抱有什麼眞感情嗎？……更何況，是對我。

我與他背景不同，立場不同，想要的和擁有的也不同。我是宰相府送給他的侍妾，他是暴虐善變的花心夫君，他不可能全心全意地信任我，就像我不可能全心全意地相信他一樣。女人對他來說如同玩物，那晚碰巧是他脆弱的時候，無論是哪個女人在他眼前，他都會緊緊抱住她的吧。

又或者說，我跟他之間，一直都是在演戲。他演他的，我演我的，偶爾配合一下，卻不小心把自己也給騙了。

車廂中一陣沉寂，只有車輪碾過地面的聲音，「吱呀」、「吱呀」連綿響起。

「你想要什麼？」他的聲音彷彿來自遙遠天際，「或許，我可以給你。」

我一愣，側頭看向宇文邕俊美的側臉。

他淡然看著前方，從窗口透進的微薄星光將他雕塑般的輪廓襯托得更形完美。

我卻在心中暗歎一聲，我想要「自由」，你能給嗎？像你那麼驕傲的人，我若隨便說出來，只會激起你的憤怒。

是你親口說要將我一生囚禁在司空府的，可是這對我來說，偏偏不可能！

「無功不受祿。」良久，我輕聲吐出這五個字。

他眼神複雜地看我一眼，夜幕般的漆黑眼眸深不見底，喜怒莫測。

沒有聽見任何回答，我的話宛若石子拋入暗湧的海面，無聲地隱沒。

「我會讓你看到我的價值。」我微低了頭，一字一頓地說：「我的……利用價值。」

「哼，還真是明買明賣。」他的聲音冰冷且帶不屑，彷彿又回到最初的時候。

很長一段時間，我們彼此都沒再開口。

馬車輕輕搖晃著，涼爽的夜風透過窗簾湧進車裡來。

「不管怎麼說……那天的事，謝謝你。」良久，我的聲音劃破這片寂靜，清澈而誠懇。是真的，不管他是有心還是無意，我都感激他給我那短暫片刻的溫暖。

他面容倏忽一怔，隨即猶如沒聽見似的，逕自轉頭望向窗外。

一路無語。

窗外透進越來越明亮輝煌的光芒，皇宮很快就要到了。星光映亮了灰色城牆上金黃色的琉璃瓦，在這冷寂之夜裡熒熒閃耀著。

3

北周的皇宮，與宰相府並未相差許多，雖比宰相府大了不少，也更加奢華，可說到精巧細緻，卻又及不上宰相府了。不過到底是住過幾代帝王，還是寬廣恢弘、鎏金碧瓦，氣象非凡。

皇宮中禮儀繁瑣，據說為了安全起見，所有後宮之外的女眷前來，都要先到鳳儀閣接受檢查才能面見皇帝。其實這種擔心也不無道理，女眷服飾繁雜，不但袍襟、袖口可藏暗器，金釵啊玉珮啊等飾物塗了毒也都可用來做殺人凶器。不過因爲皇帝宇文毓本身沒有多大實權，而來覲見的也都是皇親國戚，個個大有來頭，宮人們不敢得罪，所以鳳儀閣的檢查徒具形式，只走個過場罷了。

宮女的手很粗糙，指尖的倒刺觸到我身上的輕薄紗衣，發出輕微的聲響。

「哎，小心點，可別弄壞了我家主子的衣服。」一個脆生生的聲音輕聲呵斥道。那個負責檢查的宮女嚇了一跳，趕忙縮手賠不是，不敢再檢查下去。

說話的是我從宰相府帶進宮來的侍女，正是那晚照顧我的小姑娘，名叫小蝶。我是個有恩必報的人，感念她那天的照料，便與她多聊了幾句。她跟我混熟了，央求我帶她進宮來見見世面。

我朝那宮女撫慰一笑，卻也不願在這兒多耗時間，轉身欲走。

「哼，老遠就聽到有人亂吠，下人這麼囂張跋扈，可見主子更乏家教。」一個嬌媚的女聲遠遠傳來，語氣中滿是輕蔑。

我回頭，循聲看過去，只見一抹橘色身影款款走來，來人有張非常嬌豔的臉蛋，顴骨略高，兩片唇鮮紅如花，身形微顯豐腴，襯上一襲橘色敞領雲紋芙蓉裙，尤顯珠圓玉潤。

「看什麼看，我說得不對嗎？」她走近我身側站定，故意不看我，只是揚了下巴，向上翻翻眼睛，一臉囂張樣，沒好氣地說。

我此時沒心情跟人吵架，看她一身華貴也不知是甚來歷，於是示意小蝶別答腔，只管朝鳳儀閣門口走去。

「站住！」那女子的聲音陡然拔高，似乎對我的無視十分憤怒，「周國的女眷都這麼沒規矩麼！」

我聞言停住了腳步，頗好奇地回頭望向她。照此話聽來，難道她不是北周的人？

「你是什麼人？」我挑眉問道，暗自揣測她的身分。身在異國他鄉還這麼囂張，連主場客場都分不清楚呀。

「哼，憑你，也配問我是什麼人？」我不慍不火的態度似乎更加激怒她，她白了我一眼，冷冷地回應。

「回稟司空夫人，這位主子是陳國大將吳明徹吳將軍的寵妾，蘭萍夫人。」鳳儀閣的小太監見此情狀，急忙躬身出來打圓場。

「哦，原來是蘭萍夫人。久聞豔名，今日得見，果然名不虛傳。」我淡而有禮地說，心想那陳國吳明徹也算是個頗具才能的武將，怎會有個這等無禮的寵妾。不過也是，那吳明徹近日收復了許多城鎮，大有要跟周國叫板的意思，藉口平亂而出兵邊境，顯露蠢蠢欲動之態。如今他又聯合了北齊的斛律光，想來更是底氣十足。女人的氣焰說到底還不是男人給的，吳明徹沒把大周放在眼裡，所以他的女人才會這麼囂張。

蘭萍夫人見我態度謙遜，便得意起來，她揚著下巴又翻著白眼說道：「哼，算你識相。小小司空侍妾，無名無分，也配在這皇宮裡穿得花枝招展。」

「哦，原來是有人嫉妒我家小姐的美貌，刻意找碴來的。」小蝶見她對我如此不敬，細聲嘀咕道。

我側頭瞥了小蝶一眼，小蝶自知失言，垂首不再作聲。

我心下也不由得有些火大，按我平日的性子，讓她一次已屬不易，她卻不依不饒，要是再退下去，倒連周國的面子也丟了。

可我亦知，要正大光明挑起一場戰爭，總是需要一個名正言順的藉口。所以吳明徹此次入宮，才會讓宇文邕那麼憂慮。陳國彈丸之地，江南雖然富庶，可是畢竟版圖小，縱使大兵壓境，周國也未必就怕了。偏偏周國內部政局不穩，再加上北齊大將斛律光態度不明，戰事當然能免則免。

於是，該拿出怎樣的態度，才能讓他們覺得周國並非懦弱可欺，又不致盛氣凌人，就成了一門外交行為藝術。

「天下人皆知蘭萍夫人深得吳將軍喜愛，爲將軍寵妾，而清鎖只是個區區侍妾，兩者雖共享『妾』字，卻不可同日而語。」我面帶笑容地說。言下之意便是，你我都非正室，你再受寵也不過是妾。

蘭萍夫人面色一黯，眼中似有怒火噴薄而出。我這才想起，市井盛傳她與吳明徹的正室鬥得不可開交、誓不兩立，最恨人家提起她的偏房身分。只見她柳眉倒豎，也不說話，揚手一巴掌揮過來。

我沒想到她這麼快便動手，下意識往後一閃身，雖然躲開了她的手，腳跟卻被後邊石頭絆了一下，整個人失去平衡，朝後跌倒在地上。

蘭萍夫人雖沒打到我，但見我跌得狼狽，眼中怒氣稍洩了些。她居高臨下地掃我一眼，冷冷斥道：「哼，不知好歹的東西，看你以後可還敢在我面前耍嘴皮子。」說罷，一甩袖子，氣勢洶洶地步出鳳儀閣。

我坐臥地上，右手撐著地，手腕生疼。小蝶急忙過來扶我，見我手掌都硌紅了，又急又氣道：「小姐，您沒事吧？她怎麼亂打人啊，一會兒讓司空大人上報皇上，治她的罪！」

「算了。別誤了時辰，我們走吧。」

我在小蝶的攙扶下站了起來，拂了拂身上的塵土，重整衣冠，朝鳳儀閣門外停著的轎子旁走去。我心中其實不怎麼生氣，蘭萍夫人如此潑辣，照她這種性子，日後自會有人出手懲治她。

4

圓月高懸。

富麗堂皇的瑤光殿，映襯著月光彌漫的夜色。兩側林中杏花疏影，暗香浮動，遠處有一池凝碧清澈的湖水，不時被微風捲起陣陣波紋而顯出銀光粼粼，名爲泠玉池。

尚未到開宴時刻，我隨宮中太監走到瑤光殿中，卻見宇文邕正端坐在大殿正中的桃木長桌邊。對面坐著一個武將裝束的男子，膚色白皙，卻刻意留了落腮鬍，蘭萍夫人一臉嬌嗔地倚在他身邊，這位應該就是陳國將軍吳明徹了。

吳明徹的側邊斜坐著一個相貌出眾的男子，較吳明徹更年輕些。那人不似其他兩位嚴陣以待，看起來神色輕鬆許多，北齊名將斛律光估計就是他了。

皇帝坐於殿上，遠遠看著他們，眉宇間透著一抹凝重。大殿內雖然絲竹悅耳、香煙裊裊，一切如常，氣氛中卻隱透一絲緊繃和僵持，顯得有些詭異。

我款款走上前，行禮道：「臣女元清鎖，參見皇上。」

多日未見，宇文毓面色憔悴了些，眼睛卻越發炯炯，似是一根弦繃得太緊，泛出錚錚光亮來。一見到我，他眼波中似有什麼微微一動，卻只淡然叫我平身。

待一一見過吳明徹與斛律光，我便坐到宇文邕身邊。

斛律光聽了我的名字，抬起頭來探究地看向我，目光相接的瞬間，他眼眸中閃過一絲複雜神色，像是早就認識我了一般。我心中不明所以，卻也顧不得多想，坐近了才發覺，原來他們三個正在玩天九。

閒聊時曾聽小蝶講起，這種古代賭錢的方法與現代的橋牌挺相似的。我雙眼細瞧過底下出了的牌，又掃過宇文邕手中的牌，心下微驚，面上卻不動聲色。看樣子，他手氣並不怎麼好，怕是要輸了。

「司空大人怎麼還不出牌呢？難道是坐擁美人，忘了眾人還在等你嗎？」蘭萍夫人嬌聲說道，她斜靠著吳明徹肩膀，臉上盡顯得意之色。

吳明徹側頭瞥了她一眼，蘭萍夫人便不再作聲，眼中卻無半分收斂，反更加有恃無恐。

「若是這局司空大人輸了，可就要把蒲州輸給我們了，讓他多想一會兒也好。」吳明徹揚了揚唇角，直視著宇文邕說，言語間似是勝券在握。

我聞言驚愕，蒲州可是北周的軍事重地，豈能是一場賭局可以輕易輸掉的？

宇文邕面上依然淡淡，沒有作聲。

吳明徹看一眼皇座上的宇文毓，補了一句道：「為人君者，一諾千金，如今司空大人可是代皇上來玩這一局，斛律將軍和我也都是受命於君。若是到時候輸家想反悔，怕是我長安城外的那些兄弟也不會答應。」說著垂眼去看手中的牌，故意不看宇文邕。

我心下暗暗驚嘆，這吳明徹還眞是囂張。陳國收復邊塞，大軍壓境，看來果然底氣十足。宇文邕萬一眞輸了，豈不是得將蒲州拱手予人？若要不予，倒又給了對方出兵開戰的理由，北周將讓天下人恥笑了。

但既然是賭博，就等於聽天由命。如今宇文邕的牌這麼差，贏面眞的很小，卻也是無半點辦法可以想。

我打量四周，只見斛律光把玩著手中的牌，似乎並不十分在意。吳明徹唇邊掛著冷笑，而蘭萍夫人臉上囂張不屑的樣子簡直教我無法容忍。然我心中轉念一想，反倒慶幸於她對我的挑釁。

「吳將軍所言甚是。君子一言九鼎，怎可在眾目睽睽之下食言？將軍若是輸了，也定是要割地給我們的。」我嬌聲道，復又用袖子掩口笑道：「可惜陳國彈丸之地，再割可就所剩無幾了呢。」

吳明徹聞言臉色沉下，眼中射出一簇怒意，卻還是按捺住了。

蘭萍夫人那廂忍不住喝道：「賤人，你說什麼！」

宇文邕抬眼看我，幽深眼眸中透著一絲訝異，似乎疑惑我爲什麼會在如此劣勢之下招惹吳明徹。斛律光看我的目光中則添了玩味之意，並不作聲。

我秀眉一挑，佯作憤怒，狠狠瞪視蘭萍夫人一眼，抬起扭傷的手腕，厲聲喝道：「住口！在我大周皇宮裡你竟敢尋釁生事，妄傷重臣女眷，卻無半點悔改之心。你是不是連皇上都不放在眼裡了？」

見我方才懦弱不爭，眼下卻驟然凌厲起來，蘭萍夫人措手不及，一時被我的氣勢壓住，竟半晌吐說不出話來。

我不屑地瞥了她一眼，側頭看向宇文邕，又直視吳明徹，正對著他眼中昭然的怒意，啓口道：「吳將軍是英雄好漢，不如再加重注，一局定輸贏！乾脆再賭上雙手雙腳，輸的一方，一輩子是個廢人，永無翻身之日！」

接著，我雙目灼灼地看了宇文邕一眼，揚聲道：「你讓一尺，他進三丈！婦人之仁難成大事，不如今日永除後患！」

見我萬分自信之狀，又下此狠毒的賭注，吳明徹眼中掠過一抹狐疑之色，表情驚疑不定，方才的自信消失無蹤。其實他並不曉得宇文邕手中底牌，雖然宇文邕輸的可能性較大，但起碼有百分之一的贏面。而這百分之一的贏面一旦實現，他可是要斷手斷腳的。

宇文邕不動聲色地看著我，目光幽深，外人看不出一絲端倪，隱約夾雜些許寵溺。我回望著他，語氣趨於溫柔，細聲道：「蘭萍夫人將我推倒在地，清鎖生平從未受過如此奇恥大辱。妾身知你宅心仁厚，凡事忍讓，不願咄咄逼人。這次就當是爲了我，莫放過他吧。」

宇文邕聞言微怔，隨即瞭然。他眼中透出悲憫，淡然道：「那就隨你吧。」

經他這樣一說，他手中到底握著怎樣一副牌，眾人更是猜測不定。

我看了斛律光一眼，恭敬說道：「斛律將軍是來和談的，若周、齊兩國可以和睦相處，實乃百姓之幸。」

斛律光抬眼回視於我，充滿英氣的眸子透出一抹深意。我見他看我的目光友好溫和，於是繼續說道：「清鎖無意冒犯斛律將軍，如此賭命一搏，實乃私人恩怨，無意牽連無辜，將軍大可置身事外。」

斛律光眸中似有若無地閃過幾許欣賞之色，眼神頓了頓，隨即揚唇一笑，「在下還想留著這雙手飲馬舞劍，恕不奉陪了。」說罷輕輕放下手中的牌，站起來悠然靜立一旁觀戰。

我見此情景，一心想要趁熱打鐵，嘴上更是不依不饒，冷笑道：「吳將軍若是有什麼事，蘭萍夫人此等烈女，又豈能苟且獨活？不如就再賭上你我的性命，一榮俱榮，一損俱損吧！」說罷挑眉看她，一手撫著扭傷紅腫的右腕，故作忿忿地看著她。

蘭萍夫人見我表情篤定，眼中已萌生退卻之意，再側頭看看吳明徹，見他同樣驚疑不定地望著我，她面上閃過一絲慌亂，瑟瑟地不再言語。

宇文邕作勢淺淺搖頭，輕聲道：「清鎖，得饒人處且饒人。陳國與我大周多年來相安無事，沒有必要趕盡殺絕。」

我覷了一眼宇文邕，乖巧地端坐在他身邊，收斂姿態，不再多話。然我心中卻暗想，我跟他，似乎無論何時都可將對手戲配合得天衣無縫。我就算什麼都不說，他也總能知道我在想什麼。

此時此刻，只有他跟我兩人知悉他手中的底牌。必輸無疑的情況下，唯有置之死地而後生，詐他一詐，才能掙得一分反敗為勝的機會。

這是我在現代那麼多賭片的薰陶之下，靈機一動想出來的法子，如若不成，便是害了宇文邕一生，連我自己也要陪葬。想著想著，我不由得望向宇文邕那近在咫尺的黑眸，彼此間都有種種複雜難言的情感蘊含其中。我的忐忑，他的默然，波濤洶湧，卻都潛藏在恍若無事的表情底下。

半晌，我甜甜一笑，恭順說道：「夫君的話，清鎖記下了。」說完，即攬著他的手臂，神態悠然地看著吳明徹。

畢竟是賭命，蘭萍夫人面色已有些發白，俯身在吳明徹耳邊嘀咕幾句。吳明徹也不看她，只惶惶地端詳宇文邕，又看看我，有一滴汗緩緩從鬢角間流淌下來。我恍若未見，又逼視著蘭萍夫人，眼中泛出一絲刻意的囂張。

此時宇文邕仍是神情淡然、沉靜如水，與方才並無二致，彷彿這不是在賭命，表現得像個事不關己的旁觀者。望著他淡定的側臉，我心中不禁暗暗欽佩，這樣的膽色與深藏不露的確不是常人所有的。

時間宛如休止一般，四下靜寂無聲。我心底其實非常害怕，我怕吳明徹不上當，執意賭下去，直探我們的底牌；我怕眞的輸了，我得賠上性命，宇文邕要斷手斷腳……心中紛亂的恐懼如絲糾纏，我不願去想，也不敢去想。因爲我深知，心裡越是害怕，表面就越要不動聲色，否則一旦被吳明徹窺出端倪，那些我所害怕的事便會變成現實。

「這本是用來消磨時間的玩意罷了，何必賭上性命，傷了和氣。」吳明徹掙扎了許久，終是不敢冒這個險。他面色有些僵硬，勉強地笑笑，把手中的牌狠狠甩在桌上，旋站起身朝皇上微鞠一躬，冷聲說：「在下身體不適，先行告退了。」

作戲作全套，我見此情狀，繃緊的心弦驟然一鬆，但仍強抑著狂喜，故意冷「哼」一聲，像在惋惜這場未完成的賭局。

皇上頷首默許。

蘭萍夫人怏怏地睇我一眼，跟在吳明徹背後揚長而去。

眼見他們僵硬的背影漸漸消失在我的視線裡，我這才完全鬆懈下來，伏在案上，長長舒了一口氣。

忽覺得有雙溫暖寬厚的手掌握住了我冰涼的肩膀，我微微側過頭，正對上宇文邕幽深的黑眸。

他眼神複雜地凝視我片刻，輕輕扶起虛脫一般的我，說：「就要開宴了，我們走吧。」

我試圖站起來，卻是腳下一軟，彷彿耗盡了所有氣力，只能斜斜靠在宇文邕的胸前。

皇上見此情景，不知何時走近了賭桌，伸手翻開宇文邕面前扣住的牌，神色驚詫，旋即閃過一絲恍然。他隨手將滿桌的紙牌推亂，意味深長地吁了口氣，道：「你們也累了，開宴吧。」

我的腳踝漸漸恢復知覺，在宇文邕懷中深一腳淺一腳地走著。驀地側頭，發現斛律光正幽幽地看著我，透著笑意的眼中閃爍著洞悉一切的光芒。

仔細想來，他方才的退出也算是配合了我。念及於此，我朝他微微點了點頭，露出感激的笑容。回過頭來的時候，目光瞥見不遠處的皇帝宇文毓，他身穿明黃色金線繡龍袍，烏髮金冠，在朦朧宮燈照耀之下更顯得溫潤如玉。我們四目相接的瞬間，他眼中閃過複雜神色，似是探究，似是欣賞，又似是……一抹若有若無的眷戀。

宇文邕順著我的目光看了過去，臉色乍沉，攬著我的大手遽然一收，扼得我腰際一陣生疼。

第七章　問君能有幾多愁

我詫異地瞥了他一眼，腦中莫名浮現那個名字，心下忽生慌亂。他與蘭陵王同是北齊將領，難道是……蘭陵王？驟然重拾這個名字，我心頭猛然一熱，緊接著又是一酸，睜大眼睛不可置信地望著他，百感交集，卻又擔心自己猜錯了。

1

這一晚，我覺得特別累。

皇家夜宴，絲竹悅耳，有舞姬在歌臺上宛轉吟唱，翩翩起舞。而我眼中僅見到豐盛的菜肴，回想起方才的孤注一擲，只覺一陣駭怕，淨顧著悶頭吃飯，彷彿想把方才耗費掉的心力和體力都補回來。

宇文邕和宇文毓難得一見，彼此間有許多話要說。我想一個人清靜一下，便默默離席，朝澄心亭旁的冷玉池走去。

冷玉池很大，在迷離宮燈照耀下，彷如一塊沉靜凝碧的玉鑲嵌在金碧輝煌的深宮內院，岸邊有幾株垂柳曳在水面。晚風徐來，吹得人臉上涼涼的，我深吸一口氣，身心都舒快了許多。

沿著狹長的木製水榭走到冷玉池中央，四周皆是深藍澄澈的水波，猶如置身於汪洋大海之中，什麼煩惱都忘記了，卻又有種孤寂之感。

我不由張開雙臂，仰頭望向天穹。

深藍夜幕上殘月如鉤，我隻身一人，對影成雙。鴛鴦划過碧綠池水，泛起細微的清冷聲響，引我心頭更添一絲孤涼。微風拂過，盈盈彎月的倒影隨著水波輕晃，帶起通透的漂萍菱葉舞動，化成一汪幽美水色。

我隱約感覺有人在澄心亭的方向靜默望著我，還未來得及回頭去看，背後突然傳來一陣穩健卻陌生的腳步聲。

回過頭，只見斛律光穿花拂柳朝我走來。他眼中流露出玩味又戲謔的笑意，道：「清鎖姑娘，久聞大名了。」

「清鎖也一樣。」我微微一怔，隨即含笑說道。

北齊名將斛律光，大名鼎鼎，又是個端端正正的小帥哥，我對他的印象實在壞不起來。

「那清鎖姑娘可知，我是聽誰說起你的嗎？」斛律光揚唇一笑，劍眉微挑，眼中的笑意更濃了。

我詫異地瞥了他一眼，腦中莫名浮現那個名字，心下忽生慌亂。他與蘭陵王同是北齊將領，難道是……蘭陵王？驟然重拾這個名字，我心頭猛然一熱，緊接著又是一酸，睜大眼睛不可置信地望著他，百感交集，卻又擔心自己猜錯了。

「是他。」他瞧見我的表情，彷彿看穿我在想什麼，淺笑著點了點頭，「蘭陵王跟我提起過你。」

蘭陵王，高長恭……

我誤入戰場，宛如跌進地獄，只有他的懷抱溫暖如春。他那勝雪的白衣如旗幟一般飛揚在風中，不含半點塵世污濁；清冷面具泛著銀輝，卻莫名地令我心安。

當我險些中了顏婉的傀儡咒，天昏地暗之時，他似一道明光，猶若神明現身拯救了我。

暮春的傍晚，他迎風站在牆下，衣袂翩躚，眞眞如九天謫仙。

他將我劫做人質，月影綽綽，落花流水的溪畔，我頑皮地去摘他臉上的面具，卻意外吻到他的唇……

我不知道面具後的那張臉會不會很猙獰，我只知他的唇柔軟而溫暖，那麼輕易地就讓我再難忘懷。

夜半寂靜的城門邊，我一直等一直等，他卻沒有來。揣測、失望與不甘，凝成了一道深深的落寞……

腦中的記憶迭加湧上，我背轉過身，刻意用淡漠聲音裝作若無其事地說：「哦，是嗎？」

「他讓我帶話給你。」斛律光趨前一步。

不知為何，我的委屈卻在一瞬間迸發出來。

「我在城樓下苦等一夜，爲的就是他的一句話嗎？他讓你跟我說什麼，抱歉還是活該？他答應過要帶我走的，爲什麼他要騙我，爲什麼？」我猛地回過頭來，忿忿然看著斛律光，竭力克制著自己的情緒，語氣裡的幽怨卻是掩藏不住的濃烈。

話音落逝，迎來少頃的寂靜。柳條隨風輕舞，拂過泠玉池的水，發出絲絲聲響。

斛律光垂眼看我，目光中有幾分探究、幾分戲謔，還有幾分瞭然。

我意識到自己反應過激，把頭別向側邊，輕歎一聲道：「算了，我跟他不過只有幾面之緣……甚至連他面具後的眞實容顏都沒睹見過，原是沒資格要求他爲我做什麼的。」心中突湧起一陣酸澀，我轉身繞開他，沿著水榭往岸邊走去。

「他不是不想來。」斛律光的聲音自背後響起，我倏地停住腳步，「——而是，不能來。」

我心頭微微一顫，站在原地，沒有回頭。

「那日突厥來犯，邊疆告急，蘭陵王帶著營救出的俘虜連夜趕回齊國……事出突然，他也是不得已。」

我心頭彷彿有東西鬆動，汪洋般的委屈逐寸消退，徐徐側過頭去，拿迷離難言的眼神看著他。

斛律光緩步走向我，說：「蘭陵王讓我傳話給清鎖姑娘，說他的諾言仍然有效，如果清鎖姑娘願意，此次可隨在下一同離開周國，他會在金墉城等你。」

「他眞的這麼說？」我簡直不敢置信，心頭掠過一絲驚喜，卻又覺得這快樂來得太突然，不免有些忐忑。

「我斛律光受人所託，絕無半句虛言。」斛律光收起探究玩味的神情，正色道。

「可是，我……」我的嘴唇動了動，一聲輕歎自胸臆深處逸出。

可是，今時不同往日了。今日的我，已非彼日不顧一切的自己。我要在宇文邕眼前堂堂正正地走，我要搶在香無塵之前找到青鸞鏡。

他的失約反倒助我清醒，就算再想依賴他也好，在這個陌生的天地間，我能相信的始終只有自己。況且我還是端木家的繼承人，我端木憐有我的使命和責任，又怎能放任香無塵背後的神祕勢力濫用青鸞鏡。

「我已經答應了蘭陵王，即使拚了這條命，也會帶你出去。」斛律光的聲音很輕，卻是擲地有聲。他以爲我在爲皇宮守衛森嚴而擔心。

「謝謝你。」他與我不過初次相見，竟能說出這樣的話來，十足令我感激，「不過，我不會走的……還有更重要的事等著我去做。」

我似乎隱約記得，這個忠君爲國的名將斛律光，最後結局寥落。怪只怪那昏庸的北齊皇帝中了敵人的反間計，錯殺了忠臣。而諷刺的是，設下這個反間計的，正是我的掛名夫君——周武帝宇文邕。

轉念又想到蘭陵王被賜毒酒的悲劇下場，我怔怔地看著同樣來自北齊的斛律光，一瞬間陷入恍惚，只覺一種悵然和無力感在身體深處蔓延開來。明知道結局卻無力改變，這是否就是先知先覺的悲哀呢，眞教人不勝唏噓。

斛律光察見我複雜難解的眼神，微微發怔，隨即揚唇一笑，「方才你在賭局上展現的膽色與智慧，眞令我刮目相看。你果然與眾不同。」

他的目光隨即變得悠遠起來，悵然之中，聲音飄渺似歎息，「你是第二個，能讓長恭放在心上的女子。」

「那第一個是誰？她……是叫洛雲嗎？」我頓了頓，幾乎下意識地輕聲啓問。

洛雲，這個名字我曾聽小兵阿才無意中提說過。從那以後，這名字就一直深印在我腦海裡，我的第六感告訴我，這個名字定與蘭陵王有密不可分的關聯。從斛律光方才的表情來看，他和她之間，也許有過一段旁人無法介入的深刻過往？只是這樣揣測著，我心頭馬上掠過一絲細微的，嫉妒一般的酸澀來。

乍從我口中聽到「洛雲」這兩個字，斛律光倏地一愣，詫然瞥了我一眼，眼中有難以置信的震驚。他仔細端詳我片刻，從我表情中確認我不知曉更多有關洛雲的事情，才恢復平和神色，跳過了我的問題，有禮地道：「話我帶到了，走不走由姑娘你自己決定。倘姑娘改變主意的話，可隨時來找在下。」說完，他轉身朝岸邊走去。

遠處的蟬鳴一聲接著一聲，綿延不斷。

我隻身站在冷玉池湖心處，忽然覺得好疲累，便抱膝蹲坐下來，望著清冷月色下的粼粼波光，心中一時五味雜陳，說不清是甚滋味。

是因爲蘭陵王嗎？

還是因爲「洛雲」這個聽起來就很美好的名字？

我爲了所謂的責任，放棄了我心之所向的選擇，這樣做，又究竟是對是錯呢？

2

背後傳來熟悉的呼吸聲，在這片寂靜的天地中，分外清晰。

「是你。」我依舊抱膝坐著，向後側過頭去，正對上宇文邕的眼眸。他的眼神深沉而複雜，墨一般的瞳仁中蘊含著許多我看不懂的情感，喜怒難辨。

「宴會散了？」我挑眉問道。這種皇宮宴會通常都會進行到深夜，遠處還有絲竹樂曲飄渺傳來，莫非是他提早離開了？

宇文邕這時背光站著，臉上一片陰影，我看不清他是何表情，只知他正定定地看著我，像要把我看穿似的，卻是默然無聲。

「你怎麼不說話？」我眨眨眼睛，詫異地看著他。

宇文邕眼中似有火焰跳動，仍然沉默不語。

「既然你不願被人打擾，我走便是。」我索性站起身，繞過他往岸邊走去。我們剛剛才攜手逃過一劫，他現在是什麼態度？宇文邕，他實在讓我捉摸不透。

「站住。」水榭狹窄，我經過他身邊時，一陣酒氣混合他身上特有的檀木薰香迎面撲來。他忽然自後握住我的手腕，手掌灼熱如焚。

「你做什麼？」我回首仰望著他，不解地問。

「斛律光剛剛跟你說了些什麼？」他倏地將我拉近，聲音很低，眸子裡有噴薄的怒氣，「元清鎖，我眞是越來越看不透你了！」

我微微一愣，方才澄心亭柳蔭後，站著的身影原來是他。

可是我又沒做啥虧心事，就算做了也不關他的事，他有甚資格在這裡興師問罪呀？我心中本就煩亂，此刻更是不耐，猛一甩手，卻無法掙開他的手。

我賭氣地說：「看不透就不要看，你放開我！」

見我這樣，微醺的宇文邕勃然大怒，一把拉過我的手腕揚到胸前，冷冷說道：「你知不知道什麼叫婦德，什麼叫婦道！勾引斛律光也就算了，還跟我皇兄眉目傳情，元清鎖，你到底想怎麼樣！」說完，狠狠將我甩到地上。

我跌得生疼，憤恨地看著他，心中驚怒交加，混合著方才的委屈，眼中閃過一抹不肯妥協的倔強。我怒極反笑，唇角一揚，說：「我想怎麼樣？我想跟你做交易啊。你不是最清楚嗎？」

宇文邕見我如此反應，突地一怔。

「我說過，你也答應過，如果今晚順利度過，你就跟我做個交易。」我掙扎著站起身，盡量讓自己姿態優美。我動作嫻雅地整了整衣裙，款款走近他身邊，仰頭看著他，「你並非池中之物，不會甘心久居人下。我幫你登上周國皇位，你就給我自由，讓我帶走青鸞鏡，如何？」

宇文邕愣住了，黑眸中的怒氣漸漸散去，略顯幾分清醒。他眼神一凜，逼視著我，重複道：「青鸞鏡？」

「是，我一直在尋找青鸞鏡的下落，不然早就遠走高飛了，哪會自投羅網地跑到宰相府來。」我此時也顧不得害怕，斜睨他一眼，沒好氣地回答。

迷離月色下，泠玉池池水輕輕晃動著，波光映在宇文邕臉上，泛起清冷孤絕之色。他眸子一黯，目光透出一抹冷峻寒氣，「你想要青鸞鏡？『鸞鏡一出，天下歸一』……原來你還有這樣的野心！」

我心中猛吃一驚，他竟也知曉青鸞鏡的眞正意義！當日香無塵在宰相府說的是「鸞鏡一出，勢必亡國」，原來他從來沒有相信過。

「難怪你要故意吸引皇兄注意了。元清鎖，原來我還眞小看了你。」他的聲音冷冷的，帶著明顯的不屑與嘲諷。

我狠狠瞪過去，對上他憤怒的眼眸，那目光似鷹一般銳利迫人，任誰看了都會心生退卻。我心下閃過一絲慌亂，卻依舊逞強，底氣不足還賭氣地說：「君子之言重若泰山，你已經答應了的，現在想反悔也由不得你了。」語罷，轉身匆匆朝岸邊走去，一心想快點離開他的視線。

可當我從他面前走過之際，他卻忽然猛地絆住我。我猝不及防，整個人失去平衡朝後跌去，他攬住我的腰，卻不使力，只任我後仰下去，讓我半個身子都懸在水面上。

我驚魂未定間，雙手緊緊抓住他的袖子，一抬眼卻對上他充滿挑釁意味的眼瞳。四周寂靜，只聞細微的潺潺流水之聲，我身在泠玉池水之上，兩側波光粼粼，晃晃如水銀。

他居高臨下看著我，只要他一鬆手，我便會掉入這夜半寒涼的池水中。

「你以爲你有資格跟我談條件嗎？」他的聲音很深很沉，除了怒氣和陰鬱，似乎還有淺淺的無奈和疼痛。語畢，他攬著我腰間的手往下一鬆。

背後懸空的我，不由得驚呼一聲，雙手更加抓緊他。

「元清鎖，我要你知道，你的命是我的，我要你生就生，要你死就死。」

我仰頭看著他，他稜角分明的輪廓深沉而森冷。是啊，差點忘記了，宇文邕骨子裡是何等驕傲不可一世的人，怎能任我予取予求？我越是想走，他就越想要把我留下來。更何況，他既然知道青鸞鏡的眞正意義，又怎會將它交給我？

想到自己現在的處境，我心中委屈不已，眼睛一酸，晶瑩的淚水在眸中打轉，把眼前那張英俊的臉孔暈染成一團模糊。

他黑眸中隱約閃過一絲憐惜，卻是轉瞬即逝，旋又恢復成幽深的冷意，開口道：「你知不知道，這泠玉池裡最多的就是冤魂，死的都是像你這種不知天高地厚的人。」

我無心去聽他的話，也不想在他面前流淚。我猛地推開他，宇文邕沒有防備，倏地一驚。轉眼間，我已朝後仰去，直直跌入泠玉池寒涼的水中。

水花飛濺的聲音劃破了黑夜的寂靜，混合著急促狼狽的呼吸，池水並不很深，只沒過我的胸口。粉紅色的輕紗衣裙漂在水上，宛如一朵凋零的蓮花。

臉上濕涼，分不清是池水還是淚水。我站在水中，一眨不眨地看著宇文邕，用倔強語調一字一頓地說：「我的命是我自己的，它不屬於任何人。」

宇文邕居高臨下看著我，黑眸中瞬間湧動著種種情感，有驚訝、愕然、憐惜、無奈……還有許許多多道不明的東西。

「既然你這麼討厭我，這麼不相信我，爲甚還要把我留在身邊？宇文邕，眞正讓人看不透的人，根本是你啊……」我仰頭看他，聲音中帶著一絲茫然。

其實憑他的心機和本事，我哪能幫襯他多少？不過是配合他在人前演幾齣戲，在宇文護面前多說幾句好話罷了。只是對他來說，漫漫前路仍屬未知，而我，卻篤定他會贏。

宇文邕站在水榭上俯視著我，黑眸中映著銀色波光，眼神複雜地看著我，卻什麼話都沒有說。

我別過頭，頂住水中無形的阻力轉身朝岸邊走去。走了幾步，我又停住腳步，背對著他說：「我知道你討厭被人威脅。可惜啊，我也一樣。」

一陣夜風吹來，浸濕了的衣服緊裹在身上，我不由打了個哆嗦。儘管渾身凍得發抖，卻還是挺直了脊背，一步一步朝岸邊走去。粉色的輕紗裙裾鼓鼓地浮在水面，隨著盪漾的水波輕輕擺動，像盛放的花朵一開一合。

我一直沒有回頭，可我卻能清楚感覺到，他落在我背後灼灼如焚的目光，像要穿透我身軀似的。

唉，我又一次激怒了他嗎？其實我也不想這樣的。

我蹣跚著爬上岸，冷風襲來，離開水後愈加寒冷。我凍得瑟瑟發抖，本能地抱住自己的肩膀，纖細的雙手在月光下蒼白如紙。

身邊忽然傳來急促的腳步聲，有人正朝我大步走近，我還未來得及抬起頭，身上已覺一暖。一件金黃錦緞的厚重斗篷將我緊緊裹住，上頭有用彩線繡著九龍在天的圖樣，我驀地抬頭，來者正俯首看著我，雙眸充滿了溫柔的憐惜。

竟是皇帝！

「皇上……」我脫口輕呼，隨又下意識地回頭望向宇文邕。他一直以爲我跟皇上之間有些什麼，現在這番情景，豈不是更加深他的誤會。

遠遠望去，宇文邕獨自站在延展至湖心的狹長水榭上，冷月高懸，四周池水銀光粼粼，夜風拂起他的長袍，眞眞玉樹臨風。他面朝這邊望著，我看不清楚他的表情。

北周皇帝站在我身邊，隔著波光瀲灩的冷玉池，望著宇文邕的方向，表情明滅不定。兩人彼此遙望著，我站在中間，忽然覺得這畫面詭異得無以復加，似連空氣也跟著凝結了。

天地間一片沉寂，靜得彷彿可以聽見水珠順著我的髮絲緩緩滴落的聲音。我默默地獨自轉身，朝宮門的方向走去。就在此時，黑暗中猛然伸出一雙手，將我狠狠拽入水中。

我驚叫一聲，雙耳忽然一窒，再聽不到半點聲音。隱約間，我看見宇文邕驚訝而擔憂的臉龐，他向我伸出手來，我拚命想要抓住他，水面卻彷彿變成一層密不透風的玻璃，將我和他隔離在兩個世界。

冰涼的池水中，我瞧見無數枯骨堆積在池底，一具白骨緊緊纏住我，有個詭異的聲音在耳畔響起：「那兩個男人都是九五至尊，有他們在旁邊我本來是不敢碰你的……你偏偏自己送上門來！宇文邕不是有告誡過你嗎？冷玉池裡冤魂無數，我也沒想到能抓到一個這麼好的替身呢。你來了，我就可以走了……水底苦寒，人鬼殊途，你從此再也見不到人間的故人了……」

我大駭，拚命想要掙脫，可是這雙枯木般的手卻纏繞著腐敗的水藻，將我的身體狠狠拽入池水深處。我費盡力氣也抬不起頭來，幽綠色的水藻輕擺，宛如暗夜裡一抹猙獰的笑容。

我隨著那具白骨沉入池底，呼吸漸漸凝滯，往事像電影一般在眼前閃過。

我看見血色煙塵的沙場上，他戴著銀色面具，星眸中綻放著直射人心的暖光……

我看見白衣的他，在溪水邊爲我清洗傷口，結繭的手掌動作卻是那樣地輕柔……

蘭陵王……我還沒見過你面具下的容顏啊，我怎麼可以……就這樣死去呢？我不甘心，不甘心啊！

池水冰冷，寒氣直侵入我的四肢百骸，我閉上眼，再無掙扎的力氣。一滴傷心的淚水，無聲地融入四周冰冷深水。

恍惚中我彷彿聽見了無塵道人的聲音，他說：「你既是我天羅地宮的冤魂，就不該動我香無塵的人……」

話音未落，我的腳踝一陣生疼。

一生……就這樣結束了嗎？

可是我不甘心啊，我還沒有看到蘭陵王面具下眞實的容顏。我還沒有親口問他，爲什麼要失約，爲什麼讓我等……等到心痛、心傷，卻還是看不到他？

一生……緣盡了吧。

第八章　花自飄零水自流

第一次覺得他的懷抱好溫暖、好舒服，像是能夠為我擋去這清冷秋日所有的寒涼。他用尖尖的下巴摩挲著我的肩膀，將我摟得更緊了些，喃喃地說：「有時，我寧願你不要像現在這樣聰穎倔強，起碼從前……你從未想過要離開我。」

1

霧氣瀰漫，隱隱透著一抹幽暗的紅色。

這個森林彷彿無邊無際，沒有光明，方向難辨。重重迷霧之下，四周依稀可見無數參天的枯樹，瘦長的樹幹上纏繞著層層藤蔓，就像一雙雙絕望的手，伸向未知的前方。

我剛恢復意識，發現自己的身體正在這片黑暗的森林裡行走，好像受了某種蠱惑，一直一直往前走，卻不知自己要走向哪裡……

不行，不能再這樣走下去了。我奮力抓住身旁的一根樹藤，不讓自己的身體再往前走。那樹藤外面的乾皮緩緩剝落，露出一抹冰涼的白色。我低下頭，發現自己握在手裡的竟是一截森森白骨，那抹幽冷之白掩映在四周暗紅色霧氣裡，有種說不出的陰森可怖。

我脊背一涼，卻咬著牙沒有鬆手。這時，半空裡忽然飄出一個耳熟的男子聲音，恍惚而縹緲，不帶一絲雜質，彷彿是由這無從捕捉的血色迷霧彙集而成。

「丫頭，膽子倒不小呢。」他的聲音我好像曾在哪兒聽過，似笑非笑中帶了一絲讚許。

就在這時，只見眼前一道藍光劃過，風景霎時一變。

天空晴朗得就似碧色琉璃，濃霧也已散去，露出一片空曠而明亮的天地。地上乍現一縷奇異的豔紅，映透了蒼藍得近乎虛假的天，原來是大片大片的無葉紅花開在腳下，我不由驚得愣住。

這種花我曾在畫上見到過，也曾聽聞過有關它的傳說……

嫣然淩厲的姿態，淒清絕美的容顏，如血一般地綻放於腳下，猶若紅色的絕望浪花幽幽地綿延至天際……我一時間被這種詭異而繁華的美所震撼，不自覺地俯下身，顫顫地伸手撫向那株奇異的紅色花朵，怔怔地自語道：「彼岸花……」

彼岸花又稱「曼珠沙華」，花紅無葉，顏色淒豔如血。相傳此花只開在黃泉，是黃泉路上唯一可見的景致……也曾經聽過這樣的詩句，「彼岸花開開彼岸，奈何橋前可奈何？」據說這種花花開一千年、花落一千年，花葉生生相錯，世世永不相見，光是聽起來就十分淒涼。或許死去的人，便是踏著這些淒美豔麗的花朵通向幽冥之獄的。

「別碰它！你會後悔的。」這時，那個男子聲音又自背後響起，依然清冷而遙遠。

我耳朵一動，不知怎地想起了那位神祕又愛美的道士，猛地收回欲撫摸彼岸花的雙手，回身驚道：「無塵道人？」

「竟然這麼快就認出了我的聲音。丫頭，別來無恙啊。」他的聲音帶著淺淺笑意，突然近得像在我耳邊說話，一雙陌生而冰涼的手掌在同一時刻覆住了我的雙眼。他說：「不要看我。『彼岸花前不見人』，我還不想收了你的魂。」

我聞言怔住，一時任他蒙住我的眼睛，問道：「這裡是什麼地方？我怎麼會……」

他手臂略微添力，一隻手指已經抵住我的喉嚨，「別再問無用的話。我順手救你，無非覺得你還算是個聰明的女子。」他的臉忽地湊近了我，鼻息夾雜著奇異芳香的熱氣，聲音裡似有迷茫，「元清鎖，你不是很聰明嗎？你告訴我，如何才能得到一個女人的心？又如何能不辜負另一個女人的心？」

我怔了怔，回應道：「這個問題，再聰明的人也無法給你答案。堅持還是放棄，辜負還是被辜負，都在你自己的一念之間。我只能勸你一句……」我頓了頓，其實這也是我想對自己說的話吧，「遵從自己的心意，且行且珍惜。只要曾經真正幸福過，那麼不論結果如何，其實都沒有關係。」

四周安靜極了，明明有光，可是這種靜就像深夜裡黑暗的死寂，直到無塵道人輕輕一歎，打破這片彼岸花海前詭異的沉寂。他沉默許久，甫開口說道：「話是好聽，可是未免流於冠冕堂皇。丫頭，關於真正的情愛，其實你還是不懂。我們，都不懂啊。」

我微微一怔，剛想再說些什麼，他卻忽然鬆開了我。眼前藍光一閃，轉瞬間我已置身於一片冰涼水波。

他的聲音隨著幽暗的水紋自四方傳來，「丫頭，後會有期。記得下一次，莫再被水鬼纏住，也莫再來叩天羅地宮的門……」

水底冰寒，我掙扎著想要游到岸邊，可體內已力氣全無，終漸漸地失去了知覺。

2

彷彿沉睡了很久很久，骨子裡的疲憊緩緩散去，我睜開眼睛，忽然有種不知今夕是何年的感覺。

日光微嫌刺眼。

四合如意紋的梨花妝臺，鼓面梨花木小凳，透著薰香的白色紗帳……這個房間如此熟悉卻又有些陌生，我簡直像是在鬼門關前走了一遭，再度重返人間似的。

我迷迷糊糊地坐起身。

侍女小蝶關切地迎上前來，「小姐，昨晚您著了涼，夜裡都發燒了。您現下覺得怎麼樣？」

她不問還好，這樣一說，我才開始覺得頭昏得生疼，突突直跳，眼前也有些發黑。

原來竟只是一夜嗎？爲什麼我卻覺得自己彷彿沉睡了許久，剛剛才靈魂歸體一樣。

「我沒事。」我習慣性地應答道。難道那片長滿枯樹的森林、如血的花海，以及無塵道人忽然動聽起來的聲音，全是我的幻覺嗎？

自從得到元氏青睞之後，我在府中待遇提升不少，每天早晨都有人伺候我梳洗。

小蝶遞過來一條熱毛巾，說：「小姐，先擦擦臉吧。」

我這才發覺，光是憶想起那場詭異夢境，已經讓我的額頭滲出一層薄汗。

我還眞是膽小啊！接過毛巾，我深吸一口氣，在心裡稍稍鄙視了一下自己。

小蝶猶豫片刻，才啓口道：「小姐，宰相大人派人召您過去呢。」說著，她臉上浮現出爲難的神情，終是忍不住，又說：「聽說司空大人向宰相大人告了辭，想要帶您一同回司空府。可是宰相大人卻要他、要他親自去迎娶顏姑娘呢。」

「是嗎？」我一愣，在腦子裡迅速回顧這一切種種。

宇文邕是去提親的，總不能帶我同行吧？眞是個絕佳的落單機會呀！想起昨夜宇文邕抱著我時暴虐壓迫的眼神，我就有些發怵，心想我終於可以離開他了。

我不由得揚唇一笑，「太好了，我終於可以離開這宰相府了。」可是轉念一想，青鸞鏡還不知所蹤，我若走了，豈不是又將端木家的使命置之度外？心裡頭頗有些爲難，眉頭不禁又鎖了起來。

小蝶被我瞬息萬變的表情弄得有些納悶，愣愣地看著我，還以爲我受了刺激神經錯亂。她小心翼翼地問：「小姐……您沒事吧？」

我搖搖頭，瞥向她背後的幾名侍女，個個手上端著銀盤，在床榻旁邊站成一行。

我坐到妝臺前，銅鏡中的自己微顯憔悴，臉上蒼白得毫無半絲血色，只有一雙眸子晶瑩透亮、黑白分明，似閃爍著永不服輸的光芒。

西苑的正堂，宇文護和元氏坐在正位，宇文邕坐在左側下首。遠遠看去，三個人談笑甚歡，在不明就裡的人看來，定以爲這是幅其樂融融的溫馨畫面。

哪會有誰知道，元氏昨夜還派人來找我問話，想要從我口中問出有關宇文邕的一舉一動。可是以宇文邕的才智和野心，只要稍被打探出有風吹草動，宰相宇文護想必就會採取行動。可是元氏不知道，我所描述的所有事都是經過過濾的，雖然宇文邕並沒答應我甚的，我倒也不會去害他。

房間裡擺滿了綢緞錦帛、金銀珠寶，用一只只檀木箱子裝著，開著蓋子鋪滿一地。

我心中暗笑，宇文邕果然是個知冷知熱的人，知道什麼時候該離開，不但保全了自己，還打著成親的幌子換來這一大堆金銀財寶。

其實後來細想，陳國吳明徹雖稱不上驚世之才，卻也不算無能之輩。陳國大軍壓境，他此次特意帶來蘭萍那個性子囂張的女人，恐怕本就有意尋釁生事，惹出什麼爭端，好趁機跟周國翻臉。只可惜他還缺乏置自身生死於度外的魄力，再加上斛律光態度不明，這才使他快快地無功而返。

宇文邕這廂順利平息了風波，反倒突顯出其膽色，宇文護向來多疑嫉才，自然會提防幾分。這一次表面上立了功，可對宇文邕來說未必是樁好事，想來他自己也知道這一點，所以才會主動告辭，向宇文護表明自己並無野心。哪知宇文護卻順水推舟讓他去接顏婉過門，以此拉攏顏婉背後的勢力，這對宇文邕來說也算是個意外收穫吧。

想到這裡，我心頭莫名閃過一絲不快，他終是要收顏婉進門的。我低頭歎了口氣，舉足往堂內行去。

我笑吟吟走向宇文護和元氏，剛要走近向他們請安，可在經過宇文邕身邊的時候，卻清楚嗅到他身上特有的那股氣息，連房中金獸香爐散發出的縷縷薰香都掩蓋不住。他曾離得我那麼近，他曾那樣摟抱著我……這股氣息，彷彿從昨夜起，就混合著午夜清冽寒涼的冷玉池水，無比清晰地縈繞在我腦海中。

我忍不住側頭看他，他的眸子烏黑晶亮，臉上隱有憔悴，彷彿一夜未睡。想起昨夜他懷裡的溫度，和深夜刺骨的池水，我乍有一瞬間的失神。原本就著了風寒，我一直在硬撐，恍惚間腳下忽然一軟，眼前一黑，即軟軟地朝地上跌落。

一雙熟悉的手掌穩穩地將我扶住，有力的手指箍著我的手臂，灼熱而溫暖。宇文邕的黑眸近在咫尺，我可以從那雙澄亮瞳仁中瞥見面色蒼白的自己。

他肯定以為我是故意的吧！我莫名地有些心虛，匆匆別開目光，卻瞧見他腰間懸著一顆圓潤的明珠，我不由愣住。

那顆明珠通體透亮，散發著玉石一般溫潤的光芒，四周隱有熒熒紫光飛爍閃耀，似一層薄薄的霧氣。那是鎮魂珠特有的光澤，我絕對不會認錯！

我睜大了眼睛看他，幾乎衝口就要問他這珠子是哪裡來的，倏地意識到場合不對，趕忙強自站起身，虛弱地揚唇一笑，恭恭敬敬地跟宇文護和元氏請了安。

「清鎖，我瞧你臉色不太好，不如在這兒多歇些日子，等邕兒接了顏姑娘，再過來接你回府。」元氏見我面色蒼白、魂不守舍，誤認我是因為顏婉的事情而不痛快。

「多謝姑母關懷，不過清鎖沒大礙的，只是昨夜沒睡好罷了。司空大人辦喜事，當然要風風光光的，我也想盡快回府為他打點打點。」我回頭看了宇文邕一眼，口裡說著言不由衷的話，彼此眼中都暗存諷刺。

「那好吧。」元氏見我這麼說，遂也不再堅持，「邕兒，那你就先送清鎖回司空府去吧。」

「不用了。經略使府在西，司空府卻是往北，不順路呢，誤了吉時就不好了。我既然能自己來，當然也能自己回去，請姑母放心。」我急忙婉拒道。心想這也許是個重獲自由的好機會，我怎麼可以就這樣錯過？

宇文邕眸中掠過一絲不易察覺的黯淡，片刻間又恢復如常，接口說道：「清鎖這樣聰明伶俐，豈是一般人能傷得了的，姑母盡管放心好了。」

元氏見此情狀，還以爲我倆在鬥氣，笑著一歎，也不再多說什麼。

我瞪他一眼，目光又落到他腰間的鎮魂珠上。

此時已值初秋，園中盛夏之景漸漸褪去，空氣雖仍嫌潮濕悶熱，風中卻夾雜了一絲微微涼意。

我與宇文邕並肩步出西苑正堂。明日即將分道揚鑣了，這對我來說，乃是個逃離他掌控的好機會。可是青鸞鏡尙無消息，鎮魂珠又在他身上，我眞的可以就這樣走掉嗎？

我眼角忍不住又瞥向他腰間懸著的圓潤明珠，心中猶豫不定。

「你喜歡這珠子？」他的聲音傳進我耳裡，卻飄渺得遠如天際。

我一怔，詫然抬眼看他，我還以為他再不會主動跟我說話呢。

轉眼之間，我們又走到了梨園。

梨花已落，滿地堆積的粉白花瓣層層疊疊，碧梨池的水如昔碧綠凝香。

還記得那日，我也曾跟他並肩站在這裡，他冷冷看著我說：「元清鎖，我的忍耐是有限度的。」然後，我為了逼退顏婉而緊緊地抱住他，他溫熱的呼吸彷彿還縈繞在耳邊……原來一再挑戰他忍耐極限的我，如今還是好端端地站在這裡。

我心中一時湧起些感慨，只呆呆看著他，良久工夫過後表情還是愣愣的，老實回答道：「是啊，我喜歡。」眨眨眼睛，又補了一句：「這本來就是我的。」

宇文邕見我這樣，微微一怔，臉上隨即浮現出一抹兼具戲謔和寵溺意味的笑容，其中似還藏著股深深的無奈。他揚唇道：「只要是你喜歡的，就都是你的嗎？」

我聞言一愣，霎時間不知該如何應言，於是選擇不回答，只探究地歪著腦袋瞅著他，索性攤開來說：「我以為你再也不想看到我了。」

「這句話，應該由我來說吧。」他的笑容忽然變得清淺，不見平時的冷漠囂張和暴虐，「昨晚，我一直在想你……想你說過的話。」

一陣微風襲來，掠動了我額前的碎髮和輕紗水袖。我呆呆望著他，沒想到他會用平和語調如許曖昧地跟我說話。

他忽地伸手爲我把瀏海別到耳後，指尖溫熱，觸在我冰涼臉頰上有種異樣的舒適。我心中錯愕，下意識地往後一躲，他修長的手指倏地僵在半空。

氣氛莫名地有些古怪。

「抱歉。」我輕聲地說。看著他瞬間受傷又自嘲的眼神，我心中萌生一股莫名的歉意。他，定然是從未被這樣拒絕過吧。

宇文邕近距離凝視著我，眸中閃過一絲釋然。他輕歎一聲，伸手解下腰間的鎮魂珠，放到我手裡，「這是顏婉送給我的，你拿走吧。」

我不敢置信，縱使我想像力再豐富，亦萬沒料到他會這麼做。

他寬大而溫暖的手掌輕握著我小小的手，鎮魂珠到了我掌心，倏地閃過炫目紫光。

他離我很近，我怔怔地仰頭看他，睫毛自然上捲。他眼中湧動著濃濃的寵溺，驀地握緊了我的手，聲音卻透著冰冷，「不需要什麼交易了，我……放你走。」

此時已是黃昏，緋紅夕陽染紅了梨園凋落的梨花，縷縷暮光透過樹葉縫隙照在他身上。

我直直看著他，什麼話也說不出，只覺得眼前的一切宛如夢境，那麼不眞實。

光影昏暗，想必我此刻的表情亦如霧裡看花般，是模糊不清、曖昧不明的。

他眸中露出轉瞬即逝的眷戀，冷不防地擁住我，說話的聲音極輕，輕得彷彿一絲歎息，「清鎖，有時，我會懷念從前的你。」

我被他攬在胸前，思維乍然變得凝滯，捧著鎮魂珠任他抱著。第一次覺得他的懷抱好溫暖、好舒服，像是能夠爲我擋去這清冷秋日所有的寒涼。

他用尖尖的下巴摩挲著我的肩膀，將我摟得更緊了些，喃喃地說：「有時，我寧願你不要像現在這樣聰穎倔強，起碼從前……你從未想過要離開我。」

「我……」以前的元清鎖那麼愛你，爲何你沒有好好珍惜呢？眞正的元清鎖已經死了，我是端木憐，我不可能會愛上一個鄙棄自己的人。我開口剛想說什麼，卻爲時已晚。

宇文邕灼熱的吻忽然覆上我冰涼的唇，他深深地吻著，舌尖不斷探向我唇齒深處，充斥著濃濃的眷戀和占有慾，急促熱烈得幾乎讓我無法呼吸。

我一驚，慌亂中手上一鬆，鎭魂珠掉落在地，沿著草地緩緩滾落。我猛地推開宇文邕，驚懼交加地瞪了他一眼，轉身想拾起鎭魂珠，它卻順著涼滑的苔蘚滴溜溜滾進綠波蕩漾的碧梨池中。

只見水波間折射出一道熒熒紫光，彷若在呼應它一般，碧梨池深處同時間射出一束沖天的金色光芒，在清澈水面上擴散開來，天地間僅見一片耀眼的燦然金光。此時太陽已然落山，在這一剎那，碧梨池中竟閃耀出比太陽更加金亮的華光來。

我和宇文邕皆被眼前的情景驚呆了，記得在博物館的那個夜晚，我也曾睹見過這奪目的金輝。

我瞠目結舌地看著前方，喃喃地說：「青鸞鏡……」

就在這時，金光籠罩下的池水忽然分成兩半，中間露出一條狹長乾涸的小路，一面通體圓滑的金色銅鏡靜靜躺在那裡，上頭竟無半滴水珠。

我遲疑片刻，爾後一步一步沿著小路走過去，雙手捧起青鸞鏡。只覺手上一熱，似有股不知名的力量灌入我體內，鎮魂珠忽自水中跳躍而出，我下意識地伸手接住它。

走回岸邊，熒熒紫光和耀眼金光混合在一起，倏地同時熄滅，背後的池水旋跟著併攏，泛起一陣陣粼粼波光，彷彿什麼也不曾發生過。

手中的青鸞鏡已收斂了光芒，除了通體潤滑、不見一絲鏤花之外，其與尋常銅鏡無異。

宇文邕震驚地看看我，又看看我手中的青鸞鏡，目光一凜，沉聲道：「這就是青鸞鏡？為什麼……」

我知道他想問什麼，青鸞鏡把自己藏得這樣隱祕，連法力高強的香無塵都找不到，為什麼會在我們面前顯現出來？我想或許可以這樣解釋：端木家千百年來肩負著守護青鸞鏡的重責，青鸞鏡可以感應到端木家世代相傳的神物鎮魂珠；而他是未來的人間帝王，青鸞鏡洞悉機緣，並不排斥他，所以才會在他面前出現。

可是這一切我到底無法跟他解釋，只好打斷他，接口道：「『鸞鏡一出，天下歸一』，這八字讖語你聽說過吧？」邊在心裡默算了一下年分，頓了頓，才又說：「我現在就把它交給你保管。兩年之後，你再把它還給我，如何？」

「為什麼？」宇文邕一怔，探究地看著我。他似是不解為何我昨天還說要帶走青鸞鏡，今天卻又要將得之不易的寶物雙手奉上。

因為你注定是人間帝王、一代明君，日後將會統一北朝。而且，更重要的是……

「最危險的地方即是最安全的地方，顏婉就在你身邊，香無塵鐵定想不到青鸞鏡會在你手中。」我把青鸞鏡放到宇文邕手裡，認真地看著他的眼睛，說：「答應我，不要讓任何人搶走它。」

這裡是古代，我孤身一人，實無能耐保護青鸞鏡。香無塵來歷不明，背後又有一股神祕勢力，青鸞鏡一旦落到他們手裡，不知會發生什麼事情。

與其冒這個險，不如順應歷史、順應天命，讓宇文邕來應驗這「鸞鏡一出，天下歸一」

的讖語。

「好，我答應你。」宇文邕鄭重地把鏡子收到懷裡，目光投向我，眸子裡輝映著比月光更幽深的光芒，「元清鎖，你也要答應我一件事。」

「走得遠遠的，不要再回來。」他驀地轉過身去，修長背影顯出落寞，低沉而富磁性的嗓音中似蘊含著無限的不甘與眷戀，「我不是一個可以容忍失去的人。」

他一字一頓地說：「倘讓我再遇到你，定會不惜一切代價把你留在身邊。一生一世，你都別想再離開。」

我微微一怔，隨即轉過身，頭也不回地往門口的方向走去。

3

「小姐，司空大人面子可眞大，連皇上都親自來給你們送行了呢！」我坐在妝臺前，小蝶站在我背後爲我梳頭，一臉歡快地說。

「小蝶，來，這個給你。」我打開紅木妝匣，拿出一根鑲玉金釵放到小蝶手中，「我走了之後，你要好好照顧自己，我會跟你聯絡的。」

小蝶一愣，手中的梳子墜到地上，倏地睜大眼睛看我，驚訝地說：「小姐，您不帶我一起走嗎？」

「相信我，我會爲你安排個好出路的。當然，這也是爲了我自己。」我拍了拍她的肩，溫和地笑笑，「小蝶，你是現在我身邊唯一可以信任的人。」

我即將離開周國，赴金墉城找蘭陵王。路途險峻，我也不知道自己會面臨什麼情況。更何況，我還要她幫我留在宇文毓身邊。

這個儒雅良善的皇帝，我並不希望他死。

丹靜軒外的牡丹苑。那一次與他遇見，就是在這裡。

那時灼灼如焚的大片牡丹，眼下已是紅消綠褪，只剩下星星點點的殘紅落在地上，滿目蕭索。

宇文毓長身玉立地站在那裡，明黃色錦衣澄澄明亮，文弱的白皙臉孔掩映在花木的碎影中，我看不清他的表情。總覺得他身上有種過於理想化的書生氣，倘若不是生逢亂世，或許他會是個頗有作爲的太平天子。

聽見我的腳步聲，宇文毓緩緩轉過身來，斯文俊秀的臉上略顯蒼白，一雙明眸深深地看向我，有些掙扎，有些留戀……似乎還有許許多多道不明的情感。

我一步一步走近。他彷彿想說些什麼，嘴唇動了動，卻終是什麼也沒吐說。

「我要走了，也許不會再回來了。」我揚唇一笑，努力想讓氣氛變得輕快點。

「爲什麼？」宇文毓倏忽一怔。

其實在宇文邕身邊這麼久，我想我已經能明白他放我走的眞正原因。

「因爲宇文邕很在乎你。」我眼中情緒浮動，臉頰微微一紅，「他不想讓一個女人影響你們的手足之情。」

「四弟……」宇文毓聞言一愣，這句話似乎觸動了他，他的表情瞬息萬變，震驚、後悔、不甘、歉疚，還有一抹無可奈何之狀。

宇文毓看著我的眼神，連宇文邕都能察覺出異樣，就算我再不解風情，又怎會絲毫不知？自從上一次與他在牡丹苑相遇，他看我的眼神，便添了幾分溫柔和欣賞之色。那夜我掙開宇文邕跳入泠玉池，他爲我披上斗篷祛寒，眸子裡蘊含著無限憐愛……

宇文邕是何等霸氣的人，怎會甘心放我走？這就是原因，他知道我也明白。

「清鎖……」他的聲音很輕，他是第一次這樣喚我，「原來有些事，瞞不了別人，更瞞不了自己。其實，我也不想……」

「清鎖何德何能……哪裡值得皇上爲我動心？」我避開了他灼熱又掙扎的眼神，輕歎呢喃。

這句感歎是眞的。後宮佳麗三千，我不過中人之姿，遠算不得國色天香。

「朕也不知。」他的聲音恍若歎息。良久，他伸手碰觸我的髮鬢，卻又在半空中停住，似是掙扎片刻，強自甩手負到背後。他側過身不再看我，道：「也許只是因爲一首歌、一闋詞，抑或是一抹笑靨。」

我猛地想起自己當日在臨水亭榭中撫琴清唱的樣子，彷彿已是前生之事了。

宇文毓俯視著我，目光幽遠如月輝，柔聲自語道：「愛他明月好，憔悴也相關。」

風簌簌地劃過，落葉片片下墜，空氣中漂浮著夏末秋初濃郁的敗草味道。我和宇文毓面對面站著，我的感慨、他的留戀，引得四周寂然無聲。

「皇上，世事變幻無常，許多事情是不可一蹴而就的，需要靜待時機。」我還是忍不住勸告他，「切勿過於鋒芒畢露，保全自己才是最重要的。」

宇文毓聞言微微怔住，俊秀臉上顯現出一股滿足的神情，他揚唇笑說：「清鎖……你關心我嗎？」

看著他孩子似的神情，我不忍心否認，只能怔怔地直望著他。

「我知道你在說什麼，也知道他遲早會容不下我。」宇文毓的神情忽然變得剛毅，眸子裡閃耀晶亮又哀傷的光芒，「也許我並不能成事，但我絕不放棄努力。況且還有四弟在，我扎下的根基日後也不致白費。」

他此時的表情隱透凜然，文弱俊臉上泛著信任與希冀的光彩。在我看來，竟有種捨生取義的意味。

我心下微感驚訝，原來宇文毓早有這般覺悟。宇文護在朝中的根基何其深厚，確實要經過許多人的努力才可與之抗衡。宇文邕最終能將宇文護扳倒，其實也是踏著宇文毓爲他所鋪下的路。

「請皇上幫我好好照顧小蝶，把她放在你身邊最近的地方。」我眼中閃過一絲悲憫，雖乏把握可以改變歷史，卻仍想嘗試嘗試，「以後，若有機會……我會聯絡你的。」

「嗯。」他愣了一下，點頭應允。

我知道，答應了我的事，他定會努力做到。小蝶又是宰相府的人，想來宇文護也不會爲難她。

「保重。」我看著宇文毓的眼，誠摯地說道，儘管多說無益，只是平添傷感。

說罷，我踏著一地碎葉，轉身離去。

4

揹著一袋子金銀珠寶，我隻身策馬西行。秋日天高，世界彷彿不曾這樣廣闊無邊過。

我終於離開了宰相府。

可是不知爲什麼，我的心情卻未如想像中那樣欣喜若狂。

也許經歷了這麼多，我也開始明白，有些事注定是很無奈的，想得越美好，到頭來就越失望。比如金墉城路途遙遠，我不知道自己能不能順利到達；比如蘭陵王也許對我並無其他心意，而我卻一廂情願地跌入了對他的思念裡。

我腦中偶爾也會閃現過宇文邕的影子，他俊朗如雕塑的面容，隱忍孤絕的眼神，他手掌灼灼的溫熱……

如果不是先入爲主地對他心存芥蒂，如果他不是那麼霸道多疑，如果他不是總以那樣強勢的姿態對待我，如果不是我心裡早已裝下了蘭陵王的影子……或許，我對他，也會有一絲眷戀的吧。

正在走神間，身下的馬兒忽然停住了腳步，左右晃了兩下，原地站定。我抬頭看去，這才發現眼前不知何時迎面站立了一隊人馬。

為首的男子驅馬緩步靠近，他身著青色錦衣長袍，腰間懸著一把明晃晃的金色長劍。我微微一怔，竟然是斛律光。

「清鎖姑娘，我們又見面了。」斛律光笑吟吟看著我，「姑娘是去金墉城吧，不如我們結伴同行，可好？」

我感激一笑，回說：「你特意在這裡等我的？」

「等候多時了。」斛律光挑挑眉毛，笑容略顯誇張，「蘭陵王的魅力，世上沒有一個女子可以抵擋。」

乍聽到「蘭陵王」三個字，我的心瞬間沉落又浮了上來，臉頰微微一紅。可看著斛律光誇張的表情，我不禁覺得好笑又有些好奇，不由問道：「蘭陵王……他長什麼樣子？」

「你沒有見過？」斛律光一愣，詫異地問我。

我搖搖頭，語氣頗帶遺憾地說：「沒有呢。每次他都戴著面具，有一次我想趁他不備把面具摘下來……」腦中驟然閃過那一幕，我伸手去摘蘭陵王的面具卻意外與他接吻的情景，臉頰一燙，聲音變得有些不自然，「可惜沒有成功。」

斛律光眼眸一閃，露出歎息的表情，「蘭陵王驍勇善戰、才智無雙，只可惜他那張臉……唉！」說著他重重一歎。

「他的臉……很醜是嗎？」其實這一點我也想到了，他若不是容貌奇醜，又怎會老戴著那張面具呢？想起面具後那雙極美的鳳眼，我心中閃過憐惜，唏噓道：「我跟他說過，不管他面具後的臉是怎樣一副模樣，我……我都不會嫌棄他的。」

這番話乃是眞情流露，我的口氣正經無比。斛律光見我這個樣子，神情詭異地瞧看我老半天，竟噗哧笑出聲來。我不解地盯著他，他才收斂住笑意，說：「清鎖姑娘不以貌取人，情深意重，在下心中欽佩。」

「你那是欽佩的笑容嗎？」我斜眼瞅他，狐疑地追問。

「我這是豔羨的笑容。」斛律光打趣道，「時候不早了，我們上路吧。這一回，我絕對會把你安全帶到長恭身邊，兌現他的諾言。」

暮色四合。

小鎮偏僻，遠處有蒼翠遠山，若隱若現的山巒將四周環繞起來，形成一道天然屏障。此時夕陽西下，晦暗不明的暮光照在金漆牌匾上，上頭彎彎曲曲寫著「清水樓」。

這是清水小鎮上最大的一間客棧。斛律光爲我要了一間上房，位於清水樓的西北角，臨窗可看到花園裡繁盛濃密的花木和一片碧綠綿延的荷花池。

在房間裡洗了澡，換了身乾淨簡潔的衣裳，整個人輕鬆不少。我把鎮魂珠繫掛頸間，平日用衣領遮著。那似乎是唯一可以證明我身分的東西了，我凝視它的同時不由感歎著。彷彿在回應我一般，鎮魂珠在我手掌上發出熒熒紫光。

這時，窗外忽然飄進一縷清新悠然的琴音，淡淡的有如一汪暖泉潺潺流淌，四周還繚繞著氤氳熱氣，迷茫一片。琴音時而宛轉、時而低沉，絲絲入扣又動人心弦，驀然回轉處如大珠小珠落玉盤，清脆且淒迷，尾音嫋嫋不絕如縷。

我閉目傾聽片刻，心中欽佩，忍不住轉身下樓，順著琴音尋去。

「此曲只應天上有，人間能得幾回聞」，我腦中驟然冒出這句詩文。

無論技法還是音律，這琴音都無懈可擊。然不知爲什麼，我總覺得這餘音迴轉間隱約藏著一抹陰邪之氣，不知是不是我的錯覺？

可那琴音動聽宛若天籟，我怎能忍住不去瞧一瞧這彈琴的人哩。

5

天空中飄起霏霏細雨，似絨毛一般落在殘紅未褪的花園中，激起陣陣如煙白霧。清涼的小水滴飄落在臉上，很是舒服。

雨水滴墜荷塘，蕩起一波波的漣漪。

我站在簷下，遠遠看著涼亭中彈琴的女子，煙雨濛濛的世界裡一切都模糊不清。隔著如絲細雨，只望見她一襲翩然白衣，烏黑的秀髮用一支羊脂白玉簪綰在腦後，未留瀏海，露出一片光潔的額頭，兩綹碎髮垂落耳前，雲鬢處綴著一隻小小的白玉蝴蝶，空靈出塵。如此打扮和氣質，只有蓮花般天姿國色，超然出世的女子才配得起吧，我心中不由得這樣暗想道。偏偏她面上卻罩著白色輕紗，只能看到她一雙美眸如秋瞳剪水，睫毛上點綴著白色細珠，妙目開闔間儼似雪白蝶翼撲扇飛舞。

一樹海棠在她身邊幽然綻放，花瓣和雨水一併在她身側落下，美不勝收。琴音此刻卻緩緩停歇，女子抱起通體碧綠的翡翠琴，姿態優雅地撐起一把白底梅花傘，裊裊往清水樓的方向走去。

「落花人獨立，微雨燕雙飛。」世上竟有如此美妙的琴音、如此氣質出塵的女子，我站在長廊簷下目不轉睛望著她，情不自禁地自語道。

「說得好！」身邊忽然傳來一聲感歎，聲音飄忽而清遠，異常好聽卻覺得有些耳熟。

我嚇了一跳，有人接近我身邊，我竟然毫無所覺！驀地轉過頭，只見我身側正站著一位錦衣男子。那男子側臉的線條嫵媚得無可挑剔，鼻梁直挺，睫毛翩然，薄唇輕抿，且膚如凝脂，白皙細緻得如白玉一般，整個拼湊在一起，散發出一股無法言喻的妖魅陰柔。他目光投往白衣女子遠去的方向，黑鑽似的眸子深深地望住她，暗藏無限眷戀。

良久，等她走遠了，從這個角度再看不到半點影子，他才緩緩回過頭來。

這妖媚男子金冠束髮，兩側垂下數縷長長的金色流蘇，與烏亮秀髮一起搭在胸前，一襲刺花滾金邊藍緞袍子，腰間用金線繫著一枚紅色玉珮，衣著格外奢侈華美。

察覺到我疑惑又探究的目光，那人回望向我，目光相接的片刻他倏忽一愣，忽然間咯咯笑了一聲。他白蔥似的長手一甩，「啪」的一聲，手中摺扇就遮住了大半張臉，只露出單隻狐媚上挑的瞳子，瞥了我一眼，含笑道：「如此貼切的好詩句，原來出自你口中。」說完便輕揮著摺扇，姿態優美地朝與清水樓相反的方向走去。

簷下有水聲沙沙作響，細雨如絲，到處瀰漫著沁涼的水霧。

我望著他華麗嫵媚的背影，只覺得詭異，腦中苦苦思索著……

他是誰呢？他的聲音真耳熟，好像在哪裡聽過耶。可是這樣的奇特人物，要是真的打過照面，我又怎會輕易忘記呢？

哎，也許因爲天底下的美男長得都差不多，所以我才會覺得眼熟吧。

我撓撓腦袋，轉身走回客房。

6

我終於能在宰相府以外的地方吃頓晚飯了。

其實來到古代這麼久，我還真沒有好好看過民間的風土人情。清水樓大堂與宰相府或者皇宮的宴會廳自然不可同日而語，但也算是整潔寬敞。住店的人非常多，十幾張黑漆木桌坐了大半。

斛律光胃口奇佳，正一個勁兒地點菜，卻忽然凝住神，鼻翼微微顫動，恍似不確定般，又用力吸了口氣，眼神中閃過一絲震驚。他驀地抬起頭，目光如鷹隼般朝門口看去。

一名白衣女子自門口走進來，臉上蒙著薄面紗，竟是我所見到那位琴音如天籟的女子。她背後跟著數名侍婢，皆身穿紅衣、未覆面紗，個個青春美貌。

一股淺淡香氣迎面撲來，不是尋常的花香，亦非胭脂水粉的香味……卻也不像是從她身上沁出來的，倒像是用了某種不散的上好薰香，只要稍微接近，就可沾染上那種獨特香氣，久久縈繞不去。

白衣女子走得近了，身上清淡香氣濃郁了些許，斛律光眼中的驚疑彷若得到驗證，眉頭蹙起，雙目探究地望向白衣女子。

那一行人已往樓梯走去，白衣女子的纖纖背影孤傲清絕，不可一世。

斛律光目不轉睛看著她，若有所思，眸子暗黑得深不可測。

「你怎麼了？」我心中詫異，小心翼翼地問。

「哦，沒什麼。」斛律光垂下眼簾，明顯是在敷衍我。

他沉思片刻，掏出了一錠銀子放在桌上，對店小二說：「清水樓的天字號上房一共有四間，都住了什麼人？」

我心中暗自嘀咕，這斛律光情緒波動之餘，居然還能這般謹慎小心。天字號房有兩間是我和他住著的。他這樣問，無非是想打探白衣女子的消息，卻不單單只問她一個人，這才不至於打草驚蛇。

「嗯，有兩間住的是途經這裡的富商，帶著女眷，好像是要往齊國去的。」這小二是伺候一樓大堂的，所以並不曉得我們就是他口中的「富商」和「女眷」。小二高高興興收了那錠銀子，邊說道：「還有一間房被一位公子訂下來了，不過這位公子好像沒怎麼住，房間老是空著。」

「至於這第四間嘛……住的就是方才從這裡經過的姑娘了。」店小二往樓上探看一眼，壓低了聲音，「您別看她的侍女長得跟天仙似的，卻是很難伺候呢。她們每次來，我連大氣也不敢喘。」

「哦？她們打哪裡來的？經常到這兒嗎？」斛律光不動聲色地追問道。

「好像是從北邊來的吧。」店小二想了想，「她們每年這個時候都會來，一到七月十六就走，應該是來賞荷的。」

「賞荷？」我好奇地接口道：「池子裡的荷花並沒有開啊！再說，荷花哪裡沒有呀，難道你們這兒的荷花比別處大？」

「呵呵，兩位客官是外地人吧？二位有所不知，清水樓後面的荷豔塘會在七月十五月圓之夜同時盛開，只開一夜，第二天一早就會全部凋謝。我們這兒的荷花雖然不比別處大，卻比別處鮮豔動人，不然怎麼有人會特意過來賞荷呢！」店小二笑道。

「是麼，那我晚上得要好好瞧瞧了！」我一聽有美景可欣賞，不由得興奮起來，復又皺了皺眉，「可是……七月十五？不就是中元節？」

中元節又稱「鬼節」，傳說這一天閻王會下令打開地獄之門，讓那些終年受苦受難禁錮在地獄的冤魂厲鬼走出地獄，獲得短暫的自由，可四處遊蕩享受人間血食，是陰氣極重的日子。這荷豔塘專挑這個日子盛開，也真夠詭異的了。

「姑娘說得是啊……」店小二面色尷尬，笑了笑說：「呵，讓姑娘給說穿了。其實如果不是這日子邪乎，這樣的美景怎會只有這麼少的人來欣賞呢？除了那位白衣姑娘每年都來以外，沒有人是特意過來賞荷的。」

「那姑娘每年都來，是住得離清水鎮很近嗎？」斛律光似乎對賞荷什麼的沒興趣，繼續追問道。

「應該不是吧，她們每年都是從南方來，只有今年是從齊國那邊來的。來的時候還帶了一個長條大箱子，珠光寶氣的，大概是做生意的吧。」

斛律光聞言，目光又是一凜，面上卻是平靜如常，狀似不經意地說：「哦，是這樣啊。對了，上菜吧。」

我有些好奇地看向斛律光。

他察覺到我探詢的目光，卻顧左右而言他地說道：「你知道麼，蘭陵王很喜歡蘭花。」

我微微一怔。每一次自別人口中聽到他的名字，總有種獨特的感覺，有些甜也有些酸，緊接著是一股莫名的忐忑不安。

然後斛律光再也沒有說話。

點了一桌子的菜，總不好浪費掉，我只管大吃大喝，不時瞥向沉思中的他。我知道如果他不想說，自己再追問也沒有用。

倒是該想想今夜要不要賞荷。

美景我固然喜歡，可是我膽子小啊，專在鬼節盛開的荷花，聽起來多少有些……

我不由得想起蘭陵王泛著銀色清輝的面具。那位像蘭花一樣出塵的男子，遺世獨立，讓我不顧一切想要去追尋。

如果他此時在我身邊，我是不是就不會怕了？

如果我找到了他，他可會陪我一起賞荷？

（待續，請繼續閱讀《蘭陵皇妃（下）明月應笑我多情》）

國家圖書館出版品預行編目資料

蘭陵皇妃（上冊）交錯時光的愛戀／楊千紫著；——初版．——臺中市：好讀，2013.11

面：　公分，——（眞小說；37）（楊千紫作品集；1）

ISBN 978-986-178-298-0（平裝）

857.7　　102015354

好讀出版

真小說 37

蘭陵皇妃（上冊）交錯時光的愛戀

作　者／楊千紫
總 編 輯／鄧茵茵
文字編輯／林碧瑩
美術編輯／鄭年亨
行銷企畫／陳昶文

發 行 所／好讀出版有限公司
台中市 407 西屯區何厝里 19 鄰大有街 13 號
TEL:04-23157795　FAX:04-23144188
http://howdo.morningstar.com.tw
（如對本書編輯或內容有意見，請來電或上網告訴我們）
法律顧問／甘龍強律師

戶名：知己圖書股份有限公司
劃撥專線：15062393
服務專線：04-23595819 轉 230
傳眞專線：04-23597123
E-mail：service@morningstar.com.tw
如需詳細出版書目、訂書，歡迎洽詢
晨星網路書店 http://www.morningstar.com.tw

印刷／上好印刷股份有限公司 TEL:04-23150280
初版／西元 2013 年 11 月 15 日
定價：250 元
如有破損或裝訂錯誤，請寄回台中市 407 工業區 30 路 1 號更換（好讀倉儲部收）

Published by How-Do Publishing Co., Ltd.
2013 Printed in Taiwan

ISBN 978-986-178-298-0

情感小說 · 專屬讀者回函

書名：蘭陵皇妃（上冊）交錯時光的愛戀

姓名：________________ 性別：□男 □女 生日：______年______月_____日

教育程度：________________________

職業：□學生 □教師 □一般職員 □企業主管

□家庭主婦 □自由業 □醫護 □軍警 □其他________________________

電子郵件信箱（e-mail）：______________________ 電話：____________________

聯絡地址：□□□ ____

您怎麼發現這本書的？

□書店 □___________ 網路書店 □朋友推薦 □___________網站／網友推薦

□其他____

買這本書的原因是

□內容題材深得我心 □價格便宜 □封面與內頁設計很優 □其他__________

您閱讀此本小說的原因：□喜愛作者 □喜歡情感小說 □值得收藏 □想收繁體版

□其他____

您喜歡閱讀情感小說的原因

□打發時間 □滿足想像 □欣賞作者文采 □抒解心情 □其他_____________

您不喜歡哪類情感小說的情節設定

□人人都愛女主角 □女主角萬能 □劇情太俗套 □太狗血 □虐戀 □黑幫

□其他____

最無法忍受的主角人物關係

□父女 □師生 □兄妹 □姊弟戀 □人獸 □ BL □其他_______________________

您最常接觸情感小說的方式

□購買實體書 □租書店 □在實體書店閱讀 □圖書館借閱 □在____________

網站瀏覽 □其他____

您喜歡的情感小說種類（可複選）

□宮廷 □武俠 □架空 □歷史 □奇幻 □種田 □校園 □都會 □穿越 □修仙

□台灣言情 □其他____

推薦你喜歡的情感小說作者或作品（多多益善喔）

____

您對這本書還有其他想法嗎？請通通告訴我們：

____

請填妥後對折黏貼，直接投郵即可，無須貼郵票。

廣告回函
台灣中區郵政管理局
登記證第 3877 號
免貼郵票

好讀出版有限公司　編輯部收

407 台中市西屯區何厝里大有街 13 號

電話：04-23157795-6　傳真：04-23144188

沿虛線對折